모든것이 산산이 무너질때

When Things Fall Apart

모든것이
산산이
무너질때

희망과 두려움을 걷어내고 삶의 맨 얼굴과 직면하는 22가지 지혜

페마 초드론 지음 · 구승준 옮김

한문화

길고 긴 휴가를 보냈다. 1995년 그해 나는 열두 달 동안 아무 일도 하지 않았다. 그때 가장 많이 한 일이라고는 오로지 쉬고, 또 쉬는 것뿐이었다. 틈나는 대로 책을 읽거나 산책을 했고, 요리나 명상도 즐겼다. 물론 글도 썼다. 하지만 '일정'이니 '목표'니 '할 일' 같은 것들은 아예 생각조차 안 했다. 이제껏 경험해본 적 없는 완벽한 자유, 그 자체였다.

그런데 뜻밖에도 그 기간 동안 꽤 많은 일들을 이해하고 정리할 수 있었다. 그 중 하나가 지난 10여 년 동안 했던 강연 녹취록을 들춰본 일이었다. 그것은 거칠었고, 다듬어지지 않았다. 안거安居(원래는 승려들이 일정한 기간 동안 모여서 외출하지 않고 한곳에 머무르면서 수행하는 제도인데, 오늘날에는 재가 불자들도 참여한다. - 옮긴이) 기간에 했던 강연을 모아 만든《도피하지 않는 지혜(Wisdom of No Escape)》나 수행의 가르침을 엮은《지금 있는 곳에서 시작하라(Start Where You are)》와 달리, 그 기록은 하나로 꿰기에는 일관성이 부족해보였다.

나는 그 녹취록이 온갖 다양한 주제가 뒤섞여 있다는 것을 알
았다. 꼼꼼하게 따지고 드는 분석적인 것부터 우스갯소리까지 모
든 것이 망라돼 있었다. 내가 했던 강연의 주제와 내용이 그토록
다양하고 광범위했다는 것이 당황스러웠지만 한편으로는 흥미로
웠다.

　그런데 녹취록을 읽을수록 그 다양함이 하나로 귀결된다는 것
을 알았다. 그곳이 어디든 어떤 주제든 나는 줄곧 같은 이야기를
되풀이하고 있었다. 그것은 바로 '자비(자기 자신을 향한 사랑과 친절)'
였다.

　나는 지금껏 진정한 자비란, 고통을 두려움 없이 열린 태도로
맞이할 때 성장한다고 말해왔다. 우리는 불안정한 처지에서도 얼
마든지 편안할 수 있고, 아무도 가본 적 없는 미지의 영토에 첫발
을 내디딜 만큼 용감하다는 사실 또한 강조했다. 또 저항이나 회
피하고 싶은 상황을 기꺼이 받아들이면 나와 남, 이것과 저것, 좋

은 것과 나쁜 것 사이에 존재하는 이분법적인 긴장감에서 벗어날 수 있다는 것도 말했다.

　나의 스승 초감 트룽파 린포체Chögyam Trungpa Rinpoche는 이를 "날카로운 창끝에 몸을 기대라"라고 표현했다. 그 말은 오랫동안 내 머릿속을 맴돌았다. 나는 그 강력한 메시지를 체화해 수많은 사람들에게 전달하려고 노력했던 것이다.

　아울러 나는 강연 녹취록을 읽으며 지금까지 내가 배운 것을 완전히 이해하기 위해서는 긴 여정이 남았음을 깨달았다. 그 순간, 이전에는 결코 알지 못했던 깊은 만족과 행복을 발견했다. 그저 웃음이 났고, 내 안에 존재하는 마구니들(demons, 불교에서 수행을 방해하는 내면의 온갖 욕망과 번뇌를 통칭하여 이르는 말. 부처의 수행을 방해한 실질적인 악마를 뜻하기도 한다. 'Maras'로 쓰기도 한다. 옮긴이)을 비롯해 그로 인한 불편함과도 친구가 될 수 있었다. 그것은 아주 단순하면서도 절제된 기쁨이자 평화로움이었다.

때마침 내 책을 꾸준히 맡아 편집해온 에밀리가 세 번째 책으로 펴낼 만한 이야깃거리가 없는지 물었다. 나는 그녀에게 강연 녹취록을 모은 상자를 보냈다. 그녀는 그것들을 다 읽고 나서 고무된 목소리로 말했다.

　"다음 번에 출간할 책을 찾았어요!"

　6개월 후 에밀리는 내 녹취록을 이리저리 순서를 옮기고 내용을 보태거나 덜어내면서 본격적인 편집 작업에 들어갔다. 나는 그녀의 수고 덕분에 각 장마다 내 진심을 담는 작업을 더욱 심도 깊게 진행할 수 있었다. 나는 바다를 바라보며 휴식을 취하거나 언덕을 산책하는 시간 외에는 오로지 이 작업에 몰두했다.

　여기까지가 이 책을 펴낸 과정이다. 결국 일 년 내내 아무것도 하지 않고 보낸 결과, 이 책이 출간된 것이다. 나는 부디 이 책이 독자들의 인생에 정직과 친절, 용기를 불어넣기를 바란다.

만약 삶이 혼란스럽고 힘들다면, 이 책은 훌륭한 위안이 될 것이다. 또 삶의 전환기에서 상실감으로 괴롭거나 근원적인 불안을 느낀다면 꼭 들어맞는 맞춤옷이 될 수도 있다. 이 책은 우리가 살아가면서 부정적인 상황을 맞이했을 때, 긴장감을 누그러뜨리고 모든 것을 기꺼이 받아들이도록 초점을 맞췄기 때문이다.

산산이 무너질 것 같은 순간, 지푸라기라도 잡고 싶다면 이 책을 읽어라. 독자들은 이러한 가르침을 배움으로써 부처의 가르침을 성취한 스승과 제자의 긴 계보에 합류하게 될 것이다. 또한 그들이 자신의 나약한 에고와 친구가 되어 마침내 지혜를 성취한 것처럼, 우리도 그와 같이 될 것이다.

끝으로 나는 위대한 현자이신 초감 트룽파 린포체에게 감사를 드린다. 그는 자신의 삶을 '부처의 가르침(dharma)'에 온전히 바쳤으며, 그 본질을 서구인들에게 알리기 위해 뜨겁게 분투했다. 그에게서 받은 영성이 세상에 널리 퍼지기를! 그가 보살행을 실천

했듯이 우리도 그와 같기를! 아울러 그 가르침을 우리 모두 절대

잊지 않기를!

　"혼란이 다가오면 지극히 기쁜 소식이라고 여겨라."

　　　　　　　　　　　　캐나다 노바스코셔의 감포 사원에서

　　　　　　　　　　　　　　　　페마 초드론

차 례

두려움은 진리에 가까이 다가섰을 때,
우리에게 나타나는 자연스러운 반응이다.

두려움과 친하라

마음공부란 무엇일까? 그것은 아주 작은 배 한 척에 몸을 의지한 채, 미지의 땅을 찾아 망망대해로 나아가는 것과 같다. 그 과정에는 어떤 두려운 순간이 꼭 오기 마련이다. '저 수평선 끝에 낭떠러지가 있어 이대로 추락하는 건 아닐까?'와 같은 본능적인 두려움 말이다. 우리는 그런 두려움을 마주할 만한 용기나 배짱이 있는지 가늠해보지도 않고, 그냥 뭔가에 이끌려 마음공부를 시작한다.

사실 두려움은 매우 보편적인 경험이다. 아주 작은 미물조차도 두려움을 느낀다. 바닷가를 거닐다가 말미잘의 부드럽고 흐느적거리는 몸에 손가락을 살짝 갖다 대보라. 녀석은 소스라치게 놀라며 몸을 바짝 움츠릴 것이다. 이런 현상은 살아 있는 모든 생명체들이 가진 무의식적인 반응이다. 따라서 외부에서 오는 알 수 없는 두려움을 부정적으로 여길 필요가 없다. 이것조차 삶의 일부이며, 온 생명이 공유하는 무엇이기 때문이다.

우리는 주위에 아무것도 의지할 게 없거나 죽음 혹은 고독이 성큼 다가올 때, 저항하고 몸을 움츠린다. 하지만 그런 때일수록 움츠리거나 회피하지 말고, '지금 여기'에 집중해야 한다. 그 순간, 우리가 겪는 모든 경험이 더욱 생생하게 와 닿을 것이다. 어디로도 도망칠 수 없을 때 모든 것은 더욱 뚜렷하게 실체를 드러낸다.

내게도 그와 같은 경험이 있다. 장기간 집중적으로 명상을 하던 어느 날, 느닷없이 벼락을 맞은 듯 온 머릿속이 환하게 밝아졌다. 그때 '지금 이 순간에 온전히 머무르는 한 내가 지어낸 이야기에 휩쓸려갈 수 없다'는 생각이 떠올랐다. 누구나 공감할 만한 생각이다. 하지만 그저 남의 말만 듣고 고개를 끄덕이는 것과 스스로 진리를 탐구해 알아차리는 것은 하늘과 땅 차이이다. 스스로 진리를 깨우친 사람은 거기서 쉽게 벗어나려고 해도 벗어날 수 없으며, 자연스럽게 변한다. 매 순간 만물은 늘 변한다는 '무상無常'의 이치를 더 생생히 알아차린다. 자비심과 탐구심, 용기도 더 생생해질 것이다. 더불어 두려움도 생생해질 것이다.

일체의 선입견을 버리고 지금 이 순간에 온전히 존재하며, 나아가 마음이 한 번도 도달하지 못한 미지의 영역에 첫발을 내디뎌

보라. 누구나 자신의 처지가 정처 없고 막막하게 느껴질 것이다. 그런데 그 순간이야말로 우리의 이해력이 넓어지는 좋은 기회다. 물론 '지금 여기'가 얼마나 상처 입기 쉬운 위태로운 지점인지 깨닫고, 그 허망함에 맥이 빠지거나 연민이 솟아나기도 한다.

사람들은 수행이라는 이름의 '내적 탐구'를 시작하면서 온갖 이상과 기대로 가슴이 부푼다. 오랜 세월 느꼈던 '영적인 괴로움'에서 벗어나려고 분주하게 답을 찾는다. 하지만 그 영적인 괴로움은 우리가 벗어나야 할 괴물이 아니라 오히려 수행을 통해 다가가야 할 대상이다. 내가 처음으로 명상 수업에 참가했을 때 강사가 이런 말을 했다.

"주의하세요! 온갖 짜증스러운 것들로부터 도망가는 게 명상이라고 생각해서는 안 됩니다."

하지만 우리는 스승들의 경고를 제대로 이해하지 못한다. 오히려 그 경고 때문에 오해가 더 깊어지는 경우도 있다.

나는 두려움을 이해하고 친근하게 여기며, 두려움의 눈동자를 똑바로 쳐다보라고 말한다. 이는 우리에게 닥친 문제를 해결하기 위한 수단이 아니다. 지금까지 우리가 길들여진 보고, 듣고, 맛보고, 생각하는 방식에서 완벽하게 벗어나기 위해서다.

우리가 진정으로 두려움을 받아들이는 수행을 하면 시간이 갈

수록 겸손해진다. 교만은 집착할 때 생기는데, 수행은 그런 집착 자체를 차단하기 때문이다. 때로는 교만이 일시적으로 비집고 들어오기도 한다. 이때 용기를 내 자신을 들여다보면 그것을 쉽게 제압할 수 있다. 앞서 말했듯 수행은 뭔가에 맹목적으로 사로잡히는 집착과는 아무런 관련이 없다. 대신 죽을 수 있는 용기, 몇 번이라도 죽고 또 죽을 수 있도록 자신을 내던지는 용기와 더 가깝다.

불교의 가르침에는 다양한 마음공부의 전통이 존재한다. 대표적으로는 다음 세 가지 수행법을 꼽을 수 있다.

먼저 '통찰명상(insight meditation)'이다. 우리의 모든 생각과 행위를 현재에 머무르게 하는 수행법이다. 다른 하나는 '선禪 수행'인데, 공空에 관한 가르침을 배우며 어디에도 걸림이 없는 청정하고 무한한 마음과 통하는 법을 익힌다. 나머지 하나는 '밀교密敎(금강승 불교 또는 탄트라 불교라고도 함 – 옮긴이)'다. 여기서는 만물에 두루 깃든 에너지에 주의를 기울이는 법과 삶에서 일어나는 모든 경험이 깨달음과 불가분의 관계에 놓여 있다는 것을 배운다.

이 모든 가르침은 같은 방향을 가리킨다. 바로 지금 이 순간에 현존해야 한다는 사실이다. 우리가 '지금 여기'에 머물러야 한다는 것을 분명히 못박고 있다. 지금 여기에 머무를 때 내가 만든 이야기에 놀아나지 않으며, 나를 몰아세우지 않고, 누군가를 탓하지도 않는다. 바로 그 순간, 우리는 관념으로 답하기 힘든 끝없는 질문과 마주하고, 자신의 마음과 대면하게 된다. 한 수행자는 그것을 다음과 같이 표현했다.

"불성佛性이 영리하게도 두려움으로 변장해, 내 엉덩이를 걷어차서 나를 받아들이게 한다."

나는 인도에서 열린 영적 체험을 주제로 한 강연회에 참석한 적이 있다. 그때 강연자는 자신의 부정적인 감정들을 모두 없애기로 결심하고, 노력했던 경험담을 들려주었다. 그는 분노와 탐욕, 게으름과 오만함을 모두 없애기 위해 고군분투했다. 그 중에서도 가장 없애고 싶었던 감정은 '두려움'이었다. 하지만 그를 지도했던 스승은 저항하는 마음을 중단하라고만 말했다. 스승의 말은 그의 귀에 하나도 들어오지 않았다. 늘 하는 뻔한 충고라고 여겼던 것이다.

아무리 달래도 그가 조언을 받아들이지 않자, 스승은 다른 수단을 택했다. 그를 불러 산기슭에 있는 작은 오두막에서 홀로 명상을 하도록 했다. 그는 오두막 문을 닫고 명상에 집중했다. 날이 어두워지자 작은 초 세 자루에 불을 켰다. 자정이 가까워질 무렵, 방의 구석에서 뭔가 이상한 소리가 들렸다. 어둠 속에서 자세히 살펴보니 커다란 뱀이 눈앞에서 꿈틀거리고 있는 게 아닌가! 그것은 꼭 독이 바짝 오른 킹코브라처럼 보였다. 뱀은 고개를 설레설레 흔들면서 바로 앞까지 다가왔다. 그는 잔뜩 겁에 질려 밤새 그 뱀에게서 눈을 떼지 못했다. 너무 무서워서 옴짝달싹도 할 수 없었다. 그 작은 오두막에는 뱀과 그 남자, 그리고 두려움만이 남아 있었다.

그런 상태로 날이 밝았다. 마지막 남아 있던 초마저 다 타버리자 그는 느닷없이 울음을 터뜨렸다. 절망감 때문이 아니었다. 그를 울게 만든 것은 깊은 연민이었다. 그는 인간과 동물을 비롯해 세상 모든 생명체들이 갈구하는 욕망이 무엇인지 느꼈다. 뭇 생명들이 가진 불안과 두려움, 그리고 그로 인한 대립을 이해했다. 그는 자신이 했던 명상이 아무것도 아니며, 그저 두려움과 대립만을 증폭시켰다는 것을 깨달았다. 그는 자신이 화내고 질투했다는 것을 받아들였다. 저항하고 투쟁했다는 것을 받아들였다. 두려워했다는 사실을 가슴 깊이 받아들였다. 자신이 값을 매길 수 없을 만큼 존귀한 존재라는 사실을 받아들였다. 나아가 그는 자신이 지혜로우면서도 어리석은 존재라는 사실을 깨달았다.

칠흑 같은 어둠 속에서의 깨달음에 감사해 그는 뱀에게 다가가 절을 했다. 그러고 나서는 바닥에 드러누워 잠에 곯아 떨어졌다. 그가 깨어났을 때 뱀은 어디론가 사라지고 없었다. 그 뱀이 단지 상상의 산물이었는지, 진짜였는지는 알 수 없었다. 그는 아무런 상관이 없었다. 강연의 막바지에 이르러 그는 이런 말을 했다.

"두려움과 친해짐으로써 내가 상상 속에서 그렸던 드라마는 사라졌습니다. 또한 나를 둘러쌌던 세상과의 장벽도 허물어버렸습니다."

우리는 모두 두려움에서 도망치기 위해 달린다. 하지만 우리에게 그런 '맹목적인 질주'를 그만두라고 말해주는 사람은 아무도 없다. 우리는 두려움을 똑바로 쳐다볼 줄도, 머무르는 법도, 친구가 되는 법도 모른다. 나는 일본의 유명한 선승禪僧인 코분 선사(Roshi Kobun Chino Otogawa)에게 두려움과 어떻게 지내는지를 물은 적이 있다. 그는 이렇게 답했다.

"우리는 사이가 좋지. 마음이 잘 맞는다고."

하지만 두려움에 빠졌을 때 우리가 흔히 듣는 말을 떠올려보라. 그냥 두루뭉수리하게 넘어가라거나 가벼운 기분전환거리로 마음을 달래라거나 혹은 진통제 같은 약을 먹으라는 말이 대부분이다. 즉 모든 수단을 동원해 두려움을 떨쳐버리라는 것이다.

사실 이런 식의 충고는 불필요하다. 두려움이 다가올 때 도망가는 것은 우리가 늘 자연스럽게 취하는 행동이 아닌가. 우리는 약간만 두려운 일이 생겨도 습관적으로 도망치거나 제정신을 잃고, 그것에 매몰되어버린다. 가장 안타까운 것은 자신을 속임으로써 '지금 이 순간'을 송두리째 잃어버린다는 점이다.

다행히(?) 세상에는 도망치고 싶어도 그럴 수 없는 종류의 두려움이 있다. 완전히 벼랑 끝에 내몰리는 순간이 바로 그런 때다. 이 순간에는 모든 것이 산산이 부서져, 가장 심오한 영적 진리조차 진부하고 보잘 것 없이 느껴진다. 아무 데도 숨을 곳이 없다는 걸 누구나 안다. 아무리 긍정적인 마음을 짜내려고 해도 두려움이 좋은 일로 여겨지지 않는다. 하지만 그런 경험 덕분에 겉돌기만 했던 가르침들이 하나하나 가슴에 와닿을 것이다.

그러니 이제부터는 두려움이 다가오면 스스로를 행운아라고 여겨라. 바로 그 지점부터 용기가 샘솟을 것이다. 우리는 흔히 용감한 사람들은 원래 두려움 없이 타고났다고 생각한다. 물론 진실은 그렇지 않다. 그들은 그저 두려움과 친한 사람들일 뿐이다.

내가 출가 수행자가 되기 전, 막 결혼을 했을 때의 일이다. 하루는 남편이 "당신처럼 용감한 사람은 처음 본다"고 말했다. 그 이유를 묻자, 남편은 "아무리 봐도 당신은 진짜 겁쟁이임에 분명한데 무슨 일이든 피하지 않고 정면으로 맞서 헤치우려 하는 것 같아"라고 대답했다.

맞다. 용기의 비결은 끊임없이 자신을 탐구하며 아무것도 회피하지 않는 것이다. 심지어 자기의 예상과 실제가 전혀 다르다는 것을 알더라도 말이다. 우리는 끊임없이 알아차리고 또 알아차릴 뿐이다. 결국 자신이 예상했던 일이 세상에 없다는 걸 알아차리게 될 때까지 말이다. 나는 적어도 이 점만은 확신한다. 공*은 우리가 생각하는 그것이 아니다. 마음챙김이나 두려움 역시 마찬가지다. 자비도 우리가 생각하는 그것이 아니다. 사랑이나 깨달음, 용기 역시 우리가 생각하는 그것이 아니다. 그것은 우리 마음이 모르는 암호와도 같다. 하지만 동시에 누구든지 체험할 수 있는 무엇이기도 하다. 무너질 것은 무너지게 내버려두고 지금 이 순간에 온전히 뿌리내릴 때, 우리는 진짜 삶이 무엇인지 알아차리게 된다.

우리가 흔들림 속에 머물 때,
상처 입은 가슴과 쓰라린 뱃속과
절망과 복수심으로 응어리 질 때,
진정한 깨달음의 길이 열린다.

모든 것을 놓아라 ^둘

내가 지내는 감포 사원(Gampo Abbey)은 하늘과 바다가 만나는 드넓은 곳에 자리 잡고 있다. 수평선은 끝없이 펼쳐지고, 광활한 창공에는 갈매기와 갈가마귀 떼가 날아다닌다. 이러한 풍광은 '거울'을 연상시킨다. 내 모습을 빤히 비춰 아무 데도 숨을 곳이 없는 그런 거울말이다. 실제로 이곳은 수도승들만 사는 사원이라 어떤 도피처도 없다. 거짓말, 도둑질, 음주, 섹스 같은 일탈은 상상조차 못 한다.

사실 감포 사원은 내가 오래전부터 와보고 싶었던 곳이다. 때문에 스승 트룽파가 이곳을 맡아달라고 했을 때, 내 오랜 사랑이 이루어진 듯 기뻤다. 하지만 이곳에서 보낸 초기 생활은 내 사랑을 시험하는 시험대 위에 올라선 것처럼 힘들었다. 나는 마치 산

채로 끓는 물속에 던져진 기분이었다.

감포 사원에 도착한 첫날부터 이제껏 나 자신을 보호하고, 기만하고, 아주 세련된 이미지로 연출했던 모든 것들이 깡그리 산산조각 났다. 죽을힘을 다해도 이곳을 노련하게 이끌어갈 수 없었다. 내 방식이 주위 모든 사람들을 힘들게 해도, 나는 숨을 곳 하나 없었다. 한마디로 내 모든 것이 산산이 무너져 내리는 기분이었다.

그 전까지 나는 스스로를 융통성 있고, 남을 잘 보살피며, 따라서 모든 사람들이 나를 좋아한다고 생각했다. 나는 대부분의 인생을 이런 환상 속에서 살아왔다. 하지만 감포 사원에서 대부분 착각이라는 걸 깨달았다. 물론 나도 쓸 만한 점은 있었지만 그렇다고 완벽한 사람도 아니었다. 그동안 내 이미지에 너무 많은 투자를 했기에 더 이상 버텨낼 재간이 없었다. 미처 해결하지 못했던 내 문제들이 생생하게 노출됐다. 그것도 총천연색으로, 모든 사람들 앞에 재상영됐다.

맙소사! 나조차 모르고 넘어갔던 문제들이 드라마로 만천하에 상영되기 시작하다니! 하지만 이것만이 전부가 아니었다. 주위 사람들이 나와 내가 하는 모든 일을 두고 아무런 거리낌 없이 이러쿵저러쿵 수군거렸다. 나는 너무 고통스러워 다시 평온함을 회복할 수 있을지가 의심스러웠다. 머리 위에서는 쉴 새 없이 폭탄이 떨어지고, 발밑에서는 '자기기만'이라는 지뢰가 끊임없이 터졌다. 내게는 비상구조차 없었다. 그렇다고 나를 정당화하고 남을 비난하면서 정신을 놓아버릴 수는 없었다. 그곳은 수많은 수행과 공부가 이루어지는 사원이 아닌가. 그런 식으로 도망친다는 게 결코 용납되지 않는 장소였다. 그러던 어느 날, 한 스승이 이런 말을 했다.

"스스로와 좋은 친구가 되어라. 그러면 주위 환경도 너에게 좀 더 친근해질 것이다."

이런 가르침은 이전에도 익히 배웠던 것이다. 그것만이 유일한 해결책이라는 것도 알았다. 내 방에 이런 말을 붙여놓았던 적이 있다.

"나를 버리고 또 버려서 더 이상 아무것도 버릴 게 없는 허공에 이르렀을 때, 그제야 결코 파괴되지 않는 뭔가를 내게서 발견할 수 있다."

나는 부처의 가르침을 만나지 못했던 속세 시절부터 이 말을 마음에 새겼다. 그때부터 이미 진정한 깨달음의 정수를 이해하고 있었다. 그것은 일체를 놓아버리는 것이다. 하지만 아는 것과 행하는 것은 별개다. 우리가 디디고 있는 토대가 완전히 무너져 더 이상 발붙일 곳마저 없어지면 누구나 극심한 혼란과 고통을 겪는다. 나로파 불교 대학(미국 콜로라도주에 설립된 티베트 불교 대학 – 옮긴이)

에 걸린 격문이 실감 나는 순간이다.

"진리를 사랑하는 것은 곤경을 자초하는 일이다."

누군가는 이 말을 낭만적으로 받아들인다. 하지만 우리가 진리를 추구할 때 고통스러운 것은 어쩔 수 없다. 욕실에서 거울을 꼼꼼히 들여다보라. 그 거울에는 여드름과 주름살이 가득하며, 도량이 부족하고, 공격적이며, 소심한 우리 자신의 얼굴이 보이지 않는가.

그것을 알아차리는 순간, 우리에게 연민이 생긴다. 모든 것이 흔들리고 아무것도 제대로 되는 일이 없을 때, 그때가 바로 우리가 삶의 진실과 마주치는 순간이다. 그때 우리는 상처받기 쉬운 '연민의 영역'에 놓인다. 그 연민은 각기 다른 두 방향으로 작동한다. 즉 마음을 닫고 세상을 탓하든지 아니면 막다른 골목에서 새롭게 약동하는 설렘을 느낀다. 누구나 세상에 발 디딜 곳조차 없어지면 연민과 설렘이 솟아나기 마련이다.

그것은 일종의 시험이기도 하다. 수행자들은 구도를 향한 분발심을 일깨우기 위해 이런 시험이 종종 필요하다. 질병에 걸리거나 죽음을 가까이하거나 사랑하는 사람을 잃는 것도 그런 시험들 가운데 하나다. 내게는 에이즈에 걸려 죽음이 얼마 남지 않은 친구가 있다. 그는 내게 이런 말을 했다.

"난 에이즈 같은 건 상상해본 적도 없어. 늘 이 병을 끔찍하게

만 생각했지. 하지만 시간이 흐르니 그게 아니야. 이 병이야말로 내가 받은 가장 큰 선물이었어. 덕분에 일분일초가 무척 소중하다는 걸 알았어. 내가 삶에서 마주친 모든 사람이 다 소중해. 내 모든 생애가 매 순간 보석처럼 빛났다는 것을 이제야 깨달았어."

뭔가 큰 변화가 일어난 것이다. 끔찍하고 두렵기만 했던 일이 이제는 '가장 큰 선물'처럼 느껴진다니. 그는 죽음을 맞이할 채비를 갖춘 것이다. 이처럼 우리를 둘러싼 모든 것이 산산이 무너져 내리는 경험은 혹독한 시험인 동시에 은혜로운 치유이기도 하다.

우리는 흔히 위기의 순간에 그 시험을 통과하거나 고민만 해결하면 모든 문제가 끝난다고 생각한다. 하지만 진실은 다르다. '세상에 진정으로 해결되는 일은 없다!'는 게 우리가 배워야 할 진리다. 세상만물은 모였다가 다시 흩어질 뿐이다. 그리고 또 다시 모였다가, 또 다시 흩어지기를 끊임없이 반복한다. 세상은 원래 그렇게 움직이도록 되어 있다. 진정한 치유란 무슨 일이 일어나든 그것을 여유 있게 받아들일 수 있도록 모든 것을 놓아버리고, 내면에 넉넉한 빈 공간을 만드는 것이다. 슬픔이든, 고통이든, 기쁨이든 그게 무엇이든 일어나는 그대로 받아들여라.

우리는 끊임없이 "이렇게 하면 더 좋아질거야" "저 길로 가는 게 낫지 않을까"라고 예상한다. 하지만 실제로 결과가 어떨지는 아무도 모른다. 뭔가가 우리를 고통으로 몰아넣을 것 같지만 예상과 전혀 다른 방향으로 흘러가기도 한다.

뭔가를 바라고 노력할 때도 마찬가지다. 그 일이 실제로 우리에게 도움이 될지 안 될지는 아무도 모른다. 잘 되면 좋지만 반대로 우리를 바닥에 고꾸라지게 할 수도 있다. 그러니 큰 절망이 찾아오더라도 인생의 막다른 골목이라고 속단하지 마라. 어쩌면 그것은 아주 위대한 모험의 시작일지도 모른다.

중국에서 전해오는 유명한 일화가 있다. 어느 가난한 집안에 단 한 명의 아들이 있었다. 대를 이을 유일한 아들이었다. 온 가족은 그 외아들이 집안에 부와 명예를 가져다줄 희망이라고 여기며 애지중지했다. 그런데 불행히도 그 아들은 말에서 떨어지는 사고를 당했다. 아들은 불구의 몸이 됐고, 유일한 희망을 잃은 가족들은 인생이 끝났다고 생각했다. 하지만 얼마 후 분위기는 달라졌다. 나라에 전쟁이 터져 성한 마을 남자들은 모조리 군대에 끌려갔다. 하지만 그 외아들은 몸이 성치 못한 덕에 집에 남아 가족들을 보살폈다.

인생도 마찬가지다. 우리는 어떤 것은 길조吉兆라고 하고, 어떤 것은 흉조凶兆라고 하지만 실제로 어떤 일이 벌어질지 아무도 모른다.

그렇다면 우리를 둘러싼 모든 것이 산산조각 나 아무것도 할 수 없는 막막한 순간에는 어떻게 해야 할까? 가장 중요한 것은 '지금 이 순간'에 머물러야 한다는 점이다. 지레짐작으로 해석하거나 제멋대로 이야기를 지어내서는 안 된다. 마음공부는 갑자기 우리를 천국으로 데려다주지 않는다. 끝내주게 멋진 낙원으로 인도하지도 않는다. 세상을 그런 방식으로 바라보는 한, 우리는 고통을 피할 수 없다.

불교에서는 끊임없이 즐거움만 좇겠다고 집착하거나 불행은 내 몫이 아니라고 고집하는 것을 "윤회(samsara)에 빠진다"고 표현한다. 그것은 끝없이 돌고 도는 '절망의 쳇바퀴' 속에 자신을 몰아넣는 그런 삶이다.

이는 부처가 가르친 첫 번째 성스러운 진리다. '영원한 안전'을 충족할 수 있다고 믿는 한 고통은 필연적이라는 것이다. 실제로 우리 인생이 어떨지는 도무지 알 수 없다. 삶이란 마법의 융단을 타고 하늘 위로 날아올랐지만 안전하게 내려갈 땅이 어디에도 보이지 않는 것과 마찬가지다. 이런 절체절명의 상황에서 깨달음으로 도약할지, 더 깊은 잠 속으로 빠질지는 오로지 내 선택에 달렸다. 모든 것이 산산이 무너져 내리고 의지할 곳 하나 없는 이러한 순간이, 바로 내 도움이 필요한 사람들을 돌보는 씨앗이 된다. 그것은 나의 선량함을 발견하는 씨앗이기도 하다.

나는 어느 이른 봄, 내가 알던 현실이 산산이 무너져 내렸던 그 날을 아직도 생생히 기억한다. 당시 나는 불교의 가르침을 접하기 전이었다. 하지만 돌이켜보면 그것은 진정 영적인 체험이었다.

그날 남편은 전화로 갑자기 할 말이 있다고 말했다. 나는 집 앞 마당에 서서 차를 마시고 있었다. 남편의 차가 멈추는 소리가 들렸다. 이윽고 집으로 들어온 남편은 내게 다가오더니 자신이 사랑에 빠졌으며 이혼을 하고 싶다고 말했다. 그때까지 남편은 그런 조짐조차 보이지 않았다.

나는 말없이 하늘을 올려다보았다. 하늘이 너무 공허하게 보였다. 강물이 흘러가는 소리와 손에 들고 있던 찻잔에서 김이 모락모락 올라왔다. 시간도, 생각도 멈췄다. 거기에는 아무것도 없었다. 오직 빛과 무거운 침묵만이 존재할 뿐이었다. 그러다 문득 정신이 들었다. 난 바닥에서 돌을 집어 남편에게 던졌다.

그 후, 사람들이 어떻게 불교와 인연을 맺었냐고 물을 때마다 나는 언제나 전남편 이야기를 꺼냈다. 그에게 너무 화가 났기 때문이라고 말이다. 하지만 나는 안다. 그가 내 삶을 구원해주었다는 것을.

결혼 생활이 뜻밖의 파경을 맞자 나는 열심히 노력하고, 노력하고, 또 노력했다. 편안하고, 안전하며, 친근한 예전 생활로 되돌아가기 위해서였다. 그런데 그런 노력들은 모두 수포로 돌아갔다.

천만다행이었다. 나는 뭔가에 의존하고 집착하는 '나'를 제거하는 것만이 유일한 해결책임을 본능적으로 알아차렸다. 앞서 말했던 금언을 내 방에 붙인 것도 그 시절이었다.

"나를 버리고 또 버려서 더 이상 아무것도 버릴 게 없는 허공에 이르렀을 때, 그제야 결코 파괴되지 않는 뭔가를 내게서 발견할 수 있다."

이래서 삶은 좋은 스승이다. 또 좋은 친구다. 삶은 계속해서 변화한다. 내가 꿈꿨던 대로 되는 것은 아무것도 없다. 그래서 더 좋은 것이다. 불안정하고 갈팡질팡하는 이 상태야말로 이상적이며, 어디에도 얽매이지 않고 열린 마음으로 살기 위한 완벽한 조건이다. 여기에는 연민과 평화가 있고 결말이 사방으로 열려 있다.

우리가 이런 흔들림 속에 머물 때, 상처 입은 가슴과 쓰라린 뱃속과 절망과 복수심으로 똘똘 뭉친 응어리 속에 머물 때, 진정한 깨달음의 길이 열린다.

불확실성을 두려워하거나 회피하지 않고, 혼란의 한가운데서도 느긋함을 유지하라. 마음공부의 길이다. 부드럽고 자비롭게 자신을 조절하는 요령을 익혀라. 구도자의 길이다. 어리석은 원망과 분노로 번번이 얼룩지더라도 수천억 번이라도 다시 자신을 다잡아라. 진정한 자비의 출발점이다.

귀여운 푸들과 겨룰 수도 있고,
사나운 불도그와 겨룰 수도 있다.
그런데 여기에서 질문이 하나 있다.
"그 다음에는 뭘 하지?"

지금 이 순간을 온전히 받아들여라

셋

사람들은 흔히 불편함을 나쁜 것으로 간주한다. 하지만 진리를 찾아 나선 구도자나 마음공부를 하는 수행자들은 다르다. 실망, 부끄러움, 짜증, 서운함, 분노, 두려움 같은 온갖 부정적인 감정이 들 때, 우리 의식의 왜곡된 지점을 명확하게 알아차리는 좋은 기회로 여긴다.

우리는 부정적인 감정이 찾아왔을 때 도망치거나 움츠러드는 충동을 이기고, 자신을 불편하게 만드는 진실을 향해 더욱 힘껏 다가가야 한다. 그 과정을 통해 스스로 집착하는 문제가 무엇인지 분명히 알 수 있다. 그래서 나는 말한다. 바로 '지금 이 순간'이 우리에게 가장 완벽한 스승이라고. 운 좋게도 그 스승은 언제 어디서나 늘 우리와 함께 한다.

그러니 해결되지 않은 골칫거리를 건드리는 사건을 환영하라. 우리 기분을 거스르는 사람들을 반갑게 맞이하라. 물론 그런 사건이나 사람들을 일부러 찾아 나서라는 뜻은 아니다. 스스로 한계를 시험할 필요는 없다. 그런 상황은 부르지 않아도 때가 되면 어김없이 우리를 찾아오기 때문이다.

우리는 하루에도 수십 번씩 선택의 갈림길에 놓인다. 그때 도저히 감당할 수 없는 지점까지 스스로를 몰아붙이면, 소중한 기회는 저절로 모습을 드러낸다. 이것이 바로 영적인 도약의 순간이다. 하지만 두려움과 모멸감, 수치심 속에서 열린 마음을 유지하기란 쉽지 않다. 내면에서는 이런 불평의 소리가 들린다.

'이건 너무 심하잖아! 내 자존심을 이렇게 뭉개도 되는 거야? 아무리 용을 써봐야 이젠 소용없어…….'

이처럼 인생은 우리를 옴짝달싹 못하게 한다. 거울을 봤더니 나는 없고 엉뚱하게 고릴라만 보이거나 내 못난 점만 눈에 들어오는 식이다. 삶이 우리를 옭아매는 순간이다. 여기서 고작 우리가 하는 일이란 현실을 있는 그대로 받아들이는 것, 아니면 거울을 치우고 더 이상 보지 않는 것이다.

불편한 상황과 맞닥뜨렸을 때 그것을 스승으로 받아들이고 거기서 교훈을 얻는 사람은 드물다. 많은 사람들은 곰곰이 생각해보기도 전에 무조건 분통을 터뜨리며 미친 듯이 달아난다. 고통을 조금이라도 모면하려고 애를 쓰며, 고통을 줄이는 완충제를 필사적으로 찾아 헤맨다. 이런 고질적인 습관 때문에 우리는 온갖 중독에 쉽게 빠진다. 삶의 막바지에 이르러 도저히 견딜 수 없다고 선언하는 순간, 모든 중독이 우리 내면에 둥지를 튼다. 또 불편한 순간을 모면하기 위해 수많은 방법을 만들어낸다. 그것들을 사용해 예리한 아픔을 둔하게 만들고, 강력한 통증을 약화시킨다. 그 모든 것이 현재 상황을 제대로 통제하지 못했을 때, 자신에게 쏟아질 엄청난 고통과 충격을 피하기 위한 방어막이다.

하지만 '지금 이 순간'을 스승으로 여기는 진정한 명상가에게는 모두 쓸데없는 짓이다. 명상이란 우리가 한계에 직면했을 때 상황을 있는 그대로 인식할 뿐 스스로 만들어낸 희망이나 두려움 따위에 놀아나지 않는 태도이기 때문이다.

명상을 통해 우리는 자신의 사고와 감정에서 무슨 일이 벌어지는지 꾸밈없이 명확하게 알아차릴 수 있다. 그게 뭔지 정확하게 파악했기 때문에, 진심으로 놓아버리기도 한다. 무엇보다 명상이 우리에게 용기를 주는 가장 중요한 이유는 바로 이것이다.

'설령 내가 스스로 마음의 문을 닫아도 그 사실을 모른 척 기만하고 넘어갈 수는 없다!'

명상을 하는 한 우리는 더 이상 스스로에게 속아 넘어가지 않는다. 우리를 가두는 것은 우리 자신일 뿐이라는 사실을 명확하게 꿰뚫어볼 수 있다. 이 두 가지만으로도 우리를 뒤덮고 있던 무지의 어둠은 조금씩 걷힌다.

명상이 몸에 배면, 내 마음의 낌새를 더욱 섬세하게 알아차린다. 남에게 속마음이 들킬까봐 마음을 졸이며 숨을 곳을 찾고, 공상으로 현실에서 도피하려는 것까지 명확하게 바라보는 것이다. 나아가 어떻게 하면 나를 열어서 마음을 쉬도록 하는지도 저절로 알아차리게 된다.

수치심이나 좌절감은 결코 기분 좋은 감정이 아니다. 이것들은 마치 죽음과도 같다. 자신이 디디고 선 땅을 완전히 잃는 것이기 때문이다. 뭔가를 장악하던 힘은 사라졌고, 더 이상 버틸 수도 없다. 하지만 다시 태어나려면 죽어야 한다는 이치는 아직 깨닫지 못한 상태. 그래서 죽음의 공포와 막무가내로 맞서 싸운다.

그런데 삶의 한계에 도달하는 것은 무슨 형벌이 아니다. 죽음과 마주쳤을 때 생기는 두려움과 떨림은 건강하다는 표시다. 이보다 더 확실한 표시는 두려움이나 떨림에 낙담하지 말고, 그것을 어떤 신호로 받아들이는 것이다. 두려움을 일으키는 대상에 대해 저항하기를 중단하고, 직시하라는 신호 말이다. 따라서 불편한 감정은 우리에게 '미지의 영역'에 발을 들여놓겠다는 것을 일깨우는 고마운 메신저다.

미지의 영역은 사람마다 다양하다. 누군가는 우리 집 침실 벽장이 미지의 영역이다. 다른 누군가는 폐쇄된 공간에서 탁 트인 공간으로 나가는 경험 자체가 미지의 영역이다. 같은 경험이 사람에 따라 정반대로 작용하기도 한다. 예컨대 우리 이모는 내가 거실 램프를 옮기려는 시늉만 해도 노발대발한다. 내 친구는 새 아파트로 이사를 가야 할 때면 혼란이 극에 달해 정신을 못 차린다. 또 내 이웃 중 한 사람은 높은 곳에 오르면 가슴이 탁 트이기보다 고소공포증으로 괴로워한다.

사실 무엇이 우리를 한계 상황으로 몰아넣느냐는 중요치 않다. 중요한 것은 모든 사람이 언젠가는 한계 상황을 맞이한다는 사실이다.

초감 트룽파는 초등학교 교실에서 강의를 한 적이 있다. 아이들은 그에게 많은 질문을 던졌다. 주로 그가 티베트에서 보낸 어린 시절과 중국 공산당을 피해 인도로 피난한 일을 궁금해 했다. 그러다 한 소년이 불쑥 트룽파에게 "두려울 때가 있느냐?"고 물었다. 트룽파는 스승으로부터 두려움에 대한 가르침을 받았다고 대답했다. 또 으스스해 보이는 무덤가에서 지내거나 좋아하지 않는 것을 가까이하는 수련을 했다고 대답했다. 이어 그는 한 가지 경험담을 들려주었다.

그가 제자들을 데리고 이제까지 한 번도 가본 적이 없는 어느 사원을 방문했다. 그 사원의 입구에는 커다란 개가 붉은 눈을 부라린 채 흉측한 이빨을 드러내며 씩씩댔다. 그 개는 무섭게 으르렁거리며 묶여 있는 사슬에서 벗어나려고 몸부림쳤다. 마치 주위사람들을 공격하고 싶어 죽기 살기로 안달하는 것처럼 보였다. 트룽파가 가까이 다가가자 푸른 빛이 도는 개의 혓바닥에서는 위협적인 침이 흘러나왔다. 제자들은 될 수 있는 한 멀찌감치 떨어져 사원 정문 안으로 조심조심 들어갔다. 그때였다. 느닷없이 개의 사슬이 끊어지면서, 개가 사람들 쪽으로 달려들었다. 제자들은 놀라 비명을 질렀고, 얼어붙은 듯 멈췄다. 그 순간 트룽파는 갑자기 몸을 획 돌리더니 개를 똑바로 쳐다보며 그쪽으로 내달렸다. 그 서슬에 개도 놀랐던 것일까. 개는 이내 꼬리를 내리고 도망쳤다.

우리는 귀여운 푸들과 겨룰 수도 있고, 사나운 불도그와 겨룰 수도 있다. 그런데 여기서 질문이 하나 있다.

"그 다음에는 뭘 하지?"

구도의 길은 희망이나 두려움을 넘어서 미지의 영역에 발을 들여놓는 것이다. 끊임없이 앞으로 나아가는 행위에 몰두하는 것이다. 가장 중요한 원칙은 멈추지 않고 계속 정진하는 것, 그 자체다. 한계 상황과 맞닥뜨렸을 때 우리는 성난 개에게 몰린 트룽파의 제자들처럼 두려움에 질린다. 몸도 마음도 꽁꽁 얼어붙는다.

이때, 우리는 어떻게 마음을 다잡아야 할까? 다가오는 경험에 매몰되지 말고, 그것을 외면하지 말아야 한다. 우리의 감각에서 비롯된 감정 에너지가 속마음까지 이르도록 하라. 물론 말처럼 쉽지 않다. 하지만 이 원칙이야말로 고귀한 삶의 방식이자 진정한 자비의 길이라고 단언한다. 또 용기와 자애를 기르는 길이다.

부처의 가르침 중 '무아無我'라는 것이 있다. 간단히 말하면 일체의 존재는 고苦여서 나 혹은 내것이 존재하지 않는다는 의미다. 사실 이 개념을 제대로 이해하기란 쉽지 않다. 반면 노이로제neurosis(신경증)는 어떤가? 무아보다 훨씬 쉽게 느껴지지 않는가. 우리가 익히 알고 있는 개념이기 때문이다. 그렇다면 무아를 어떻게 경험할 수 있을까?

우리가 한계 상황에 내몰렸을 때 그 지점을 온전히 이해해보라. 다시 말해 지나치게 매몰되지 말고 억누르지 말라. 그러면 내면에 있던 단단한 뭔가가 녹을 것이다. 분노의 에너지든 실망의 에너지든 두려움의 에너지든 어떤 것이 일어날 때 그 순수한 힘 때문에 우리는 부드러워진다. 그 에너지가 한쪽 방향으로만 굳어지지 않으면, 그것은 가슴으로 파고들어와 우리를 열어젖힌다. 바로 그 순간 무아를 발견하게 된다. 그때 우리가 늘 쓰던 계책은 무너진다.

한계와 맞닥뜨리는 것은 장애를 겪거나 처벌을 받는 게 아니다. 그것과 맞섬으로써 우리는 온전함으로 향하는 입구를 발견할 수 있다. 조건 없는 선함으로 가는 입구를 발견하게 된다.

그런데 이런 방식을 삶에 적용하려면 어떻게 해야 할까? 최선의 답은 명상이다. 명상은 가장 안전하며 확실한 연습이다. 어서 방석 위에 편안하게 앉아보라. 그저 '지금 여기'에 에너지가 머물도록 편안하게 마음을 모아보라. 날마다 명상을 하라. 희망이나 두려움이 다가올 때마다 백 번이고 천 번이고 그것들과 친구가 되어라.

명상은 일상에서 오는 혼란의 한복판에서도 우리가 좀 더 깨어 있도록 일종의 씨앗을 뿌리는 일이다. 수행을 통해 점점 깨달음이 쌓여가고, 거기서 비롯된 내면의 힘이 더해지면 우리는 명상하듯 생활할 수도 있다. 그렇다고 뛰어난 명상가가 되기 위해 명상을 할 필요는 없다. 우리는 그저 일상에서 좀 더 깨어 있는 삶을 살기 위해 명상을 하는 것뿐이다!

명상 수행에서 나타나는 첫 번째 신호는 자신에게 어떤 일이 일어나는지 보인다는 것이다. 물론 처음에는 여전히 현실에 매몰되거나 거기서 도피하려고 하겠지만 우리 스스로 그 상황을 분명히 알아차릴 것이다. 물론 그것만으로 불안이나 혼란이 저절로 떨어져 나가지 않는다. 그 후로도 꽤 오랫동안 그저 명확하게 바라봐야 한다. 이것이 어느 단계에 이르면, 그제야 오랜 습관들은 서서히 사라진다. 한편으로 더 크고 여유로우며 깨어 있는 통찰력이 내면에서 자라기 시작한다.

매몰되거나 억누르지 않고 현실에 머무르기 위해서는 '지금 이 순간'으로 끊임없이 되돌아가야 한다. 이것이 명상의 실체다. 즉 갖가지 생각이 일어날 때마다 억누르지 말고, 사로잡히지 말고, 그저 알아차리고 흘려보내면 그만이다. 그런 다음 다시 '지금 여기'로 되돌아오는 것이다. 티베트 불교가 낳은 세계적 스승 중 한 분인 소걀 린포체Sogyal Rinpoche의 말처럼 "마음을 본향本鄕으로 되돌리는 것"이다.

이런 수행을 계속하면 일상생활에서도 열린 마음으로 희망이나 두려움과 친하게 지낼 수 있다. 그것에 매몰되거나 그것을 억누르지도 않고, 편안하게 교류한다. 저항하기를 멈추고, 내가 만들어낸 드라마에 빠져들지 않으며, 지금 이 순간의 신선함을 누릴 수 있다.

물론 이런 의식의 진화는 쉬지 않고 끈기 있게 수행할 때 조금씩 나타난다. 나는 종종 이런 질문을 받는다.

"우리가 그 정도 되려면 얼마만큼 수행해야 하나요?"

나는 남은 생애 전부를 바치라고 말한다. 수행이란 나를 더 많이 열고, 더 많이 배우며, 인간의 고통과 지혜를 더 깊숙이 천착해 그 이치를 철저하게 꿰뚫어 아는 것이다. 나아가 사람들을 더욱 사랑해 자비롭게 대하는 것이다. 배움은 끝나지 않는다. 아무리 배워도 배울 것은 남는다. 우리는 그저 죽을 날만 기다리는 따분한 구닥다리 늙은이가 아니다.

세상을 향해 마음을 더 많이 열수록, 우리가 감당할 수 있는 용량의 한계 수위도 그만큼 더 높아진다. 흥미로운 것은 우리가 마음을 더 많이 열수록 큰 문제가 닥치면 금세 알아차리지만 작은 문제는 방심하기 쉽다는 점이다. 그러니 다가오는 문제의 크기며 색깔, 형태를 따지지 말고, 자신에게 불편함을 주는 대상을 향해 다가가라. 나를 불편하게 만드는 게 무엇인지, 방어하지 말고 분명하게 보라.

명상은 어떤 이상적인 상태를 설정해놓고 거기에 스스로를 꿰맞추는 일이 아니다. 오히려 그 반대다. 어떤 경험이든 그것과 함께 있는 것이다. 우리는 대단한 통찰력을 발휘할 때도, 그렇지 못할 때도 있다. 그것은 그저 경험일 뿐이다. 마찬가지로 우리는 두려움을 향해 용감하게 나아갈 때도, 아닐 때도 있다. 그것 역시 우리의 경험일 뿐이다. 지금 이 순간이 완벽한 스승이다. 게다가 그 스승은 언제나 나와 함께 한다.

무슨 일이 일어나는지 그저 알아차려라. 그것이 바로 '지금 여기'에서 얻을 수 있는 최고의 가르침이다. 일어나는 일에서 결코 분리되지 마라. 깨어 있어라. 깨달음에는 우리가 겪는 즐거움과 괴로움, 지혜로움과 혼란스러움이 모두 깃들어 있다. 깨달음은 우리가 겪는 기이하고 불가사의하면서도 일상적인 삶의 모든 순간마다 깃들어 있다.

우리는 스스로에게 얼마나 정직한가?

있는 그대로 편안하라

초감 트룽파는 제자들에게 명상을 지도할 때, 마음을 열고 그냥 느긋하게 쉬라고 가르쳤다. 어수선한 생각 때문에 마음이 흐트러지면 생각을 제어하지 말고, 그저 흘러가도록 내버려둔 채 편안한 마음을 유지하라고 말했다.

하지만 몇몇 제자들은 이 단순한 가르침을 매우 어려워했고, 명상에 집중하지 못했다. 트룽파는 그들까지 수행에 정진하게 하려면 기술적인 요령이 필요하다는 것을 알았다. 그래서 그는 명상법의 본질은 바꾸지 않은 채, 가르침에 약간의 변화를 줬다. 명상할 때 예전보다 자세를 좀 더 강조했으며, 날숨에 가볍게 주의를 두라고 일렀다. 훗날 그는 날숨이 중요한 이유를 이렇게 설명했다.

"사람이 날숨을 쉴 때, 마음이 쉬는 상태인 '열린 마음'에 가장 근접해지며, 날숨을 쉰 다음 돌아갈 대상이 있다는 점에서도 수행법의 원리에 잘 들어맞는다."

날숨에 대한 그의 정리를 더 들어보자.

"명상할 때의 날숨이 평소와 다르지 않도록 하고, 어떤 식으로든 호흡을 바꾸지 말아야 한다."

"날숨에 주의를 둘 때는 아주 부드럽게 살짝 스치고 지나가는 것처럼 하라."

"의식의 25퍼센트 정도를 날숨에 두는 것이 적당하다. 그 정도면 주위 환경을 인식하되, 명상에 방해가 되지 않는 수준이기 때문이다."

트룽파는 명상을 이렇게 비유했다.

"명상이란 옷을 잘 차려입고 물이 그득한 숟가락을 들고 있는 사람과도 같다."

멋진 옷을 잘 차려 입었으니 그 기분을 만끽해도 좋으련만, 여전히 마음은 물이 그득한 숟가락에서 떠나지 못한다. 여기서 명심해야 할 대목은 명상이 특정한 마음 상태를 만드는 게 아니라는 점이다. 무엇에 집중하고 집중하지 않느냐는 그저 내 마음이 하는 일이다.

대부분의 명상법은 바라보는 대상이 존재한다. 명상하는 도중 어떤 잡념이 떠오를 때 의식을 원래 자리로 되돌리기 위한 일종의 과녁인 셈이다. 그래서 눈비가 내리든 진눈깨비가 쏟아지든 상관없이 우리 의식은 바라보던 대상으로 돌아온다. 앞서 설명한 트롱파의 명상법에서는 날숨이 바라보는 대상이다. 잡힐 듯 잡히지 않고, 항시 미묘하게 흐르며, 쉼 없이 변화하고, 그래서 포착할 수 없게 끊임없이 일어나는 날숨 말이다. 이 명상은 다음 날숨을 기다리는 것 외에는 더 이상 특별히 할 게 없다.

몇 년간 다양한 명상법을 해왔던 친구에게 이 방법을 알려준 적이 있다. 그런데 그녀는 내 설명을 듣자마자 이렇게 반문했다.

"그건 불가능해! 그런 명상법을 누가 할 수 있단 말이야? 네 말대로라면 아무것도 인식하지 않는 순간이 생기잖아."

나는 그때 처음으로 이 가르침이 모든 것을 완전히 놓아버릴 수도 있음을 깨달았다. 예전 선사禪師들은 "명상이란 기꺼이 죽고 또 죽을 수 있는 마음"이라고 말했다. 이 명상법이 바로 그렇다. 사실 호흡 자체가 삶과 죽음의 반복이다. 우리는 숨을 내쉬면서 죽고, 들이마시면서 다시 산다. 날숨이 서서히 흩어지는 것을 바라보면서 우리는 죽음을 맞이하며 느긋하게 쉬는 것이다.

초감 트룽파는 이 명상법을 지도할 때 날숨에 "집중하라"는 말 대신 좀 더 부드러운 표현을 쓰라고 당부했다. 그래서 우리는 명상을 배우는 학생들에게 다음과 같이 말한다.

"날숨을 가볍게 어루만졌다가 놓으세요.""날숨에 가만히 의식을 두세요.""날숨을 내쉬면서 호흡과 편안하게 하나가 되세요."

이 명상법의 기본 원칙은 크게 세 가지다. 첫째, 아무것도 보태지 말 것. 둘째, 뭔가를 개념화하지 말 것. 셋째, 그저 자신을 열어둔 채, 있는 그대로 깨끗하고 명료하며 신선한 마음자리로 끊임없이 되돌아올 것.

그 후 트룽파는 이 기본 원칙 위에 새로운 기법 하나를 추가해 명상법을 더욱 세련되고 섬세하게 다듬었다. 그것은 생각이 일어날 때 그것을 "생각"이라고 부르는 것이다. 그 효과는 이렇다. 우리가 날숨에 의식을 두고 명상을 하다가도, 어느새 생각이 저 멀리 날아가버릴 때가 있다. 무슨 일인지 미처 알아차리기 전에 이런 일이 생기니 미리 주의할 수도 없다. 마음은 수시로 뭔가를 계획하고, 걱정하고, 공상을 품는다. 트룽파는 이런 상황에서 더 이상 난처해 하지 말고 그저 "생각"이라고 스스로에게 말하라고 했다. 의식이 엉뚱한 곳을 헤맨다는 것을 알아차린 순간, "생각"이라고 말해보라. 그런 다음, 마치 아무 일도 없었다는 듯이 다시 날숨으로 되돌아오라.

어느 무용가는 이러한 명상을 춤으로 표현했다. 그런데 그는 무대 위에 등장해 곧장 명상 자세를 잡고 앉았다. 그는 불과 2~3초도 지나지 않아 몸을 즉흥적으로 이리저리 움직이기 시작했다. 몸짓은 점점 거칠고 광적으로 변해갔다. 조용히 명상을 하려고 앉았지만, 한시도 가만히 있지 못하고 이리저리 날뛰는 마음을 묘사한 것이다. 춤은 점점 광폭하면서도 관능적으로 변해갔다. 한번 폭발한 생각이 삽시간에 증폭되어 차츰 성^{性}적인 환상을 향해 치닫는 듯했다. 바로 그 순간, 작은 종이 울렸다. 이어서 침착한 목소리가 "생각!"이라고 말하자 무용수는 언제 그랬냐는 듯 다시 고요한 명상 자세를 잡았다. 하지만 불과 5초나 흘렀을까. 이번에는 '분노의 춤'이 시작됐다. 작은 짜증의 몸짓이 흘러나오는가 싶더니, 점점 거친 분노가 되어 마구 터져 나왔다. 그때 종이 울렸다. 침착한 목소리가 다시 "생각!"이라고 말했고, 이번에도 모든 것이 이전으로 돌아갔다.

무용수는 자세를 잡고 명상에 들어갔다. 이런 식으로 다음에는 '외로움의 춤'과 '졸음의 춤'이 이어졌다. 물론 종이 울리고 목소리가 "생각!"이라고 말하면, 무용수는 다시 편안한 명상 자세를 취했다. 처음에는 거의 명상에 집중하지 못하는 것처럼 보였다. 하지만 횟수를 거듭할수록 그가 명상을 하는 시간은 점점 길어졌다. 나중에는 끝없는 평화 혹은 시공간이 사라진 무^{無}를 느끼는 것처럼 보였다.

이 공연에서 가장 흥미로웠던 점은 "생각!"이라고 말하는 목소리의 등장이다. 그 목소리는 우리에게 많은 영감을 준다. 그것은 우리가 수행을 통해 너그러움과 무비판적인 자세, 즉 자비慈悲를 의식적으로 키워나갈 수 있다는 점을 보여준다.

자비에 해당하는 산스크리트어는 '마이트리maitri'다. 이 말은 '조건 없는 친절'이라는 뜻으로도 번역된다. 명상에서 자신을 향해 '생각!'이라고 말할 때마다, 우리는 마음에서 일어나는 모든 것에 대해 무조건적인 친절과 자비심을 갖는다. 사실 무조건적인 자비에 이르기란 무척 어렵다. 때문에 단순하면서도 직접적인 방법으로 자신을 일깨워주는 경험이 무척 소중한 것이다.

우리는 종종 죄의식에 빠지고, 자만심으로 우쭐해진다. 때로는 이런저런 생각과 기억 때문에 비참한 기분을 맛보기도 한다. 생각은 그게 무엇이든 마음을 스쳐 지나간다. 따라서 명상을 하려고 앉는다는 것은 그 자체로 모든 생각이 다 일어나도록 허용하며 자리를 내주겠다는 태도다. 드넓은 창공에 구름이 떠다니듯, 망망대해에 끊임없이 파도가 일어나듯, 명상은 생각이란 생각은 모조리 일어나도록 멍석을 깔아주는 일이다. 따라서 명상을 할 때 어떤 생각이 떠올라 마음을 뺏긴다면, 그 생각이 좋든 싫든 개의치 말고 "생각"이라고 불러라. 열린 마음과 자비심을 가지고 그것을 바라보라. 그런 다음에는 마치 하늘에 풍선을 날려 보내듯 그 생각을 그대로 흘려보내라. 이런 식으로 대응하면 구름이 일어나든 파도가 밀려오든 문제 될 게 없다. 생각이 일어날 때마다 그것을 '조건 없는 친절함'으로 알아차리고, '생각'이라고 이름 붙인 다음 다시 놓아버리면 된다. 생각이 계속 반복돼도 마찬가지다.

물론 불쾌한 기분과 혼란스러운 생각에서 도피하기 위해 명상을 하는 사람들도 더러 있다. 이는 본래 목적에서 벗어난 명상이다. 이들은 아마 '생각'이라고 이름 붙이는 명상마저 자기들의 괴로운 마음을 없애는 데 사용하려고 들 것이다. 게다가 그런 엉뚱한(?) 명상을 한 끝에, 우연히 영적으로 고양되는 기분을 맛보거나 지복至福의 경험이라도 하면 더 큰일이다. 마침내 뭔가를 얻었다고 착각한 나머지 그곳에서 영원히 머무르려고 고집을 피울 것이기 때문이다. 평화와 조화만으로 이루어진 세계를 발견했으니, 이제 아무것도 두려워할 게 없다고 착각할 것이다.

그러니 명상을 처음 시작할 때부터 스스로에게 단단히 일러두라. 명상이란 어떠한 생각이 일어나든 그것을 취하지도 버리지도 않은 채 내버려두며, 마음을 열고 그 자체를 편안하게 받아들이는 것이다. 한마디로 명상은 무엇을 억누르는 것도 어딘가에 집착하는 것도 아니다.

시인이자 명상가인 앨런 긴즈버그Allen Ginsberg는 우리의 주의를 끌려고 안달하는 마음을 '마음의 깜짝쇼'라고 표현했다. 우리가 가만히 앉아 있으려고 해도 마음이 어디선가 '쾅!' 하고 거친 소리를 내며 깜짝쇼를 벌인다는 것이다.

그렇다. 마음은 언제나 우리가 정신을 잃고 빠져들기를 바란다. 처음에는 걱정거리를 들고 왔다가 나중에는 우리를 즐겁게 할 소식을 가지고 오는 식으로 온갖 농간을 부린다. 그때마다 우리는 거부하지도 회피하지도 집착하지도 말고, 그것이 흘러가도록 놓아버리면 된다.

사실 마음이 벌이는 이런 식의 깜짝쇼는 영원히 끝나지 않는다. 그래서 12세기 티베트의 영적 스승인 밀라레파^{Milarepa}가 남긴 게송^{偈頌}(부처의 공덕이나 가르침을 찬미한 노래 – 옮긴이) 가운데는 다음과 같은 대목이 등장한다.

"햇살 속을 떠다니는 무수한 먼지보다 많은 생각이 우리 마음에는 가득 들어차 있다네. 설령 수백 자루의 창이 있어도 완전히 없앨 수는 없지."

그러니 생각을 멈추려고 하거나 없애려고 저항하는 것은 모두 부질없다. 사실 그럴 필요도 없다. 명상을 할 때도 마찬가지다. 일어나는 생각을 그대로 바라보고, '생각'이라고 인정한 다음 흘러가도록 놓아버려라. 마음공부에서 명심해야 할 것 중 하나는 종교적인 신념에 취해 뭔가를 필사적으로 갈구하거나 기를 쓰고 저항할 필요가 없다는 점이다. 꾸밈없는 진실성과 유머 감각이 우리를 훨씬 영적으로 고양시키며 마음공부에도 유익하다. 생각을 없애려고 하지 말고, 생각이 가진 본래의 품성을 보라. 우리는 한 번 생각에 휘둘리면 헤어나지 못하고 그 안에서 뱅뱅 돈다. 왜 그런지 생각해보라. 생각이란 실체가 아니라 환영幻影일 뿐이기 때문이다.

트룽파는 명상 기법만 섬세하게 손질한 것이 아니라, 명상하는 자세도 수년에 걸쳐 조심스럽게 다듬었다. 그는 무엇이든 참거나 저항하는 명상은 좋지 않다고 가르쳤다. 그래서 다리가 저리거나 허리가 아프면 움직여도 괜찮다고 했다. 물론 적절한 자세로 명상하는 것이 더 좋다. 자세를 약간만 고쳐 앉아도 심신이 더욱 안정되며 편안해진다. 안정된 자세를 취하려면 다음의 여섯 가지(앉는 자리, 다리, 상체, 손, 눈, 입)를 점검해야 한다.

1. **앉 는 자리** : 의자에 앉아도 좋고, 바닥에 방석을 깐 뒤 그 위에 앉아도 괜찮다. 핵심은 자리가 평평하며, 전후좌우 어디로든 기울지 않는 것이다.

2. **다리** : 바닥에 앉을 때는 다리를 편안하게 꼬아서 가부좌를 한다. 의자에 앉을 때는 발바닥을 바닥에 붙인 뒤, 양 무릎을 어른 주먹 하나가 들어갈 정도로 적당히 벌린다.

3. 상체 : 머리끝에서 엉덩이 꼬리뼈까지, 상반신을 수직으로 꼿꼿하게 세운다. 의자에 앉아서 자세를 취할 때는 등을 기대지 말아야 한다. 시간이 흐르면서 등이 차츰 굽어질 수 있으니 수시로 알아차려서 등을 곧게 편다.

4. 손 : 양손을 펴 손바닥이 아래를 향하도록 하고 허벅지 위에 편안하게 놓는다.

5. 눈 : 눈은 자연스럽게 뜬다. 시선은 살짝 아래를 향하고, 1~2미터 앞쪽을 바라본다. 눈을 뜨는 것은 깨어 있는 의식을 유지하는 자세이며, 무슨 일이든 느긋하게 대처하겠다는 마음가짐을 나타낸다.

6. 입 : 입을 살짝 벌려 턱이 긴장하지 않도록 하며, 입과 코로 공기가 쉽게 드나들도록 한다. 이때 혀끝은 입천장에 갖다 댄다.

명상을 하려고 자리에 앉을 때마다 이 여섯 가지를 확인하라. 명상 중에라도 산만해지면 몸으로 주의를 돌려 여섯 가지를 점검하라. 그리고 처음부터 시작하는 마음으로 다시 날숨으로 돌아오라. 다른 생각에 빠져 명상에서 너무 멀리 떠났다고 해도 걱정하지 마라. 그저 스스로에게 '생각!'이라고 말한 다음, 여유롭고 편안하게 날숨으로 돌아오면 된다. 이런 일이 몇 번씩 반복되더라도 상관없다. 바로 지금 내가 있는 그곳으로 되돌아오면 그만이다.

처음에는 명상이 마냥 즐겁다. 마치 새로운 프로젝트에 착수하는 것처럼 느껴진다. 명상만 하면 마음이 열리고, 쓸데없는 판단을 하지 않으며, 원치 않던 골칫덩이들이 다 사라질 것 같다. 하지만 시간이 흐르면 알 것이다. 명상이 해주는 일은 하나도 없고, 모두 내가 노력해야 이루어진다는 것을.

명상은 가슴을 뛰게 하는 새로운 프로젝트가 아니다. 그저 매일 시간을 내서 잠자코 자리에 앉아 나를 마주하는 지루한 일과일 뿐이다. 명상은 이렇게 지겨움과 초조함, 두려움, 행복 등을 겪으면서, 무엇을 경험하든 계속 날숨으로 되돌아오는 것이다. 이렇게 끈기를 가지고 반복할 때, 세상 일을 초연하게 바라보는 담담한 마음가짐과 너그러움, 유머 감각, 진실성을 얻는다. 이것이 바로 명상이 주는 대가다.

이 가르침을 이해했다면 곧바로 수행에 들어가는 것은 어렵지 않다. 다만 무엇을 얻는지는 결국 각자에게 달렸다. 궁극적으로 우리가 마음을 고요하게 가라앉힐 수 있는지, 집착을 완전히 내려놓을 수 있는지의 문제다.

우리는 스스로에게 얼마나 정직한가?

모든 것을 통제하거나 지배하려는 마음을 포기하라.
관념과 이상이 산산조각 나도록 내버려두라. 그것이 자비다.

세 가 지 꿈 에 서 깨 어 나 라

나는 스스로를 "세상에서 가장 불행한 사람"이라고 말하는 사람들로부터 많은 편지를 받는다. 그들은 나이만 먹었을 뿐 삶을 송두리째 잃어버린 허탈감을 느낀다고 말한다. 자신을 이렇게 혹독하게 내모는 이들은 대체 어떤 사람들일까? 그들은 나이도 제각각이며 인종이나 생김새도 다양하다. 그 중에는 자살 충동에 사로잡힌 십대 청소년도 포함되어 있다. 다만 그들에게 한 가지 공통점이 있다면 자신에 대해 자비로운 마음이 없다는 것이다.

오랫동안 알고 지낸 한 지인도 마찬가지였다. 나는 그를 수줍음이 많지만 마음이 따뜻해 남을 돕는 일은 누구보다 적극적이라고 생각했다. 하지만 오랜만에 만난 그의 모습은 예전과는 판이하게 달랐다. 그는 매우 낙심한 표정이었고, 자기 삶은 이제 아무런 희망이 없다고 여겼다. 나는 분위기를 풀어보려고 이렇게 말했다.

"이봐요, 세상 어딘가에는 당신보다 처지가 딱한 사람들도 얼마든지 있어요."

하지만 그의 대답은 내 가슴이 철렁하도록 솔직했다.

"그렇지 않아요. 만약 제 기분을 아신다면, 세상에 저만큼 딱한 사람이 없다는 걸 아실 거예요."

그 말에 나는 어떤 신문에서 본 만화를 떠올렸다. 두 여자가 굳게 잠긴 문 뒤에 서서 창밖을 힐끗 내다봤는데, 괴물이 버티고 있었다. 한 여자가 말했다. "진정해. 밖에는 크고 끔찍한 벌레가 있어. 하지만 그 벌레에게 우리의 도움이 필요할 수도 있잖아."

우리가 살면서 가장 고통스러운 순간은 남에게 괴롭힘을 당할 때가 아니다. 우리가 자기 자신을 괴롭힐 때다. 하지만 그 순간도 자비를 실천하기엔 늦지 않았다. 불치병에 걸렸지만 살 날이 꽤 오래 남아 있는 것처럼.

앞으로 몇 시간, 몇 달, 혹은 몇 년을 살지 모르지만 지금 당장 자기 자신과 친구가 되어라! 자신이 누구인지 그리고 지금 무엇을 하고 있는지 알아차려라. 자신의 습관을 똑바로 바라보라. 이것이 바로 자비의 출발점이다. 스스로를 위해 자비심을 키우고 조건 없는 우정을 가지라는 것이다. 그래야만 수행의 만족감이나 기쁨은 물론, 깨달음을 맛볼 수 있다.

사람들은 흔히 자비를 '자기 연민'이나 '자기만족'과 혼동한다. 그래서 스스로에게 자비를 베푼다면서 남에게 미치는 영향은 아랑곳하지 않는 오류에 빠지기도 한다. 자비란 광고에서 유혹적인 목소리로 약속하듯, 보장된 행복을 찾는 방법이 아니다. 스스로에게 "맞아, 내가 최고야!" 또는 "걱정 마, 다 잘될 거야!" 따위의 격려를 늘어놓는 것도 아니다. 오히려 자비는 이제까지 해온 그런 자기기만을 너그러우면서도 탁월한 솜씨로 남김없이 드러내는 것이다. 나아가 자비는 스스로를 만천하에 까발려, 덮어쓸 가면조차 남기지 않는 것이다.

삶의 문제를 해결하는 데 자비는 완전히 새로운 차원의 접근법이다. 자비는 문제를 전혀 해결하려고 들지 않기 때문이다. 그것은 고통을 떨쳐버리거나 더 나은 사람이 되려고 노력하지 않는다. 모든 것을 스스로 통제하거나 지배하려는 마음을 포기하고, 자기가 가졌던 관념과 이상이 산산조각 나도록 내버려둔다. 그것이 자비다.

우리는 무슨 일이 일어나든 그것이 시작도 끝도 아님을 안다. 내게 일어난 일은 인간이 태초부터 겪었던 지극히 평범한 체험일 뿐이다. 사고와 감정, 느낌, 기억은 항시 오가지만, 가장 근본적인

'지금 이 순간'은 언제나 여기에 있다.

내 마음을 알아차리는 일은 결코 늦는 법이 없다. 언제든 자리를 잡고 앉아 모든 일이 다 일어나도록 허용하는 '명상의 공간'을 마련하라. 물론 자기 자신에게 충격을 받고 어디든 숨으려고 안간힘을 쓸 때도 있다. 자신에 대해 놀라워하거나 딴 생각에 빠져 현실을 망각하기도 한다. 중요한 것은 무슨 일이든 비판하지 말고, 좋고 싫음에 휘둘리지도 말며, 그저 '지금 여기'로 돌아오고, 또 돌아오고, 또 돌아오도록 스스로를 격려하는 것이다.

불만에 휘둘리면 나도 모르게 그 불만을 실행한다. 이것이야말로 진짜 괴로운 노릇이다. 마찬가지로 무자비함에 휘둘리면 그 무자비함을 실행하게 된다. 이런 일이 반복될수록 그런 성향이 점점 강해진다. 자신과 타인에게 해를 가하는 일에 전문가가 되어가는 것이다. 이 얼마나 슬픈 일인가.

무슨 일이 생기든 그것을 호기심으로 대하고 무심하게 넘겨버려라. 혼란스러운 에너지와 힘겨루기를 하는 대신, 혼란을 기꺼이 맞이하고 예사롭게 다루는 것이다. 그러면 혼란스러운 상황과는 상관없이, 내 마음은 언제나 명료하게 깨어 있다는 것을 서서히 알아차리게 된다. 세상에서 가장 불행한 사람이 쓴 최악의 시나리오의 한복판에도, 자기 자신과 주고받는 무거운 넋두리의 한가운데에도 '열린 공간'은 언제나 존재한다.

우리는 누구나 '자아상自我像'을 품고 살아간다. 누군가는 이를 "작은 마음"이라고 말하는데, 티베트어로는 셈sem에 해당한다. 티베트어에는 마음을 가리키는 단어가 여러 가지가 있다. 그 중에 대표적인 것이 셈과 릭파rikpa다. 여기서 셈은 종잡을 수 없이 산만하게 흐르는 마음이다. 그것은 시끄러운 냇물처럼 흐르며, 스스로 생각하는 자기 이미지를 강화하려고 전전긍긍한다. 반대로 릭파는 밝고 지혜로운 마음이다. 모든 계획과 걱정 뒤에, 모든 소망과 욕망 뒤에, 그리고 모든 취사선택 뒤에는 항시 꾸밈없는 지혜의 마음인 릭파가 존재한다. 우리가 스스로에게 하는 들뜬 잡담을 멈추면, 릭파는 언제나 그 자리에 있다.

네팔에서는 흔히 밤새도록 개가 짖는다. 그런데 대략 20분에 한 번꼴로 모든 개들이 동시에 짖기를 멈추는 순간이 있다. 그런 순간이 오면 누구나 큰 안도감과 고요함을 느낀다. 물론 그 시간은 그리 길지 않다. 곧 모든 개들이 일제히 다시 짖는다. '셈'이라는 우리의 작은 마음도 이와 같다. 처음 명상을 해보면 '개 짖는 소리'가 멈추지 않는다. 하지만 시간이 지나면 그 소란함 사이에 약간의 공백이 생길 것이다.

산만한 마음은 들개와 같아 길들일 필요가 있다. 돌을 던지거나 채찍으로 때리기보다 자비로써 길들이는 것이다. 자비로우면서도 주의 깊게 꾸준히 다루면, 스스로 고요할 수 있는 힘이 자란다. 차츰 짖는 소리가 잦아들고, 마음의 공간은 훨씬 드넓게 확장될 것이다.

그렇다고 해서 내면의 소음이 완전히 사라지는 것은 아니다. 여기서 우리는 그 울부짖는 개들을 없애려고 더 이상 애쓰지 않아도 된다. 또 그럴 필요조차 없다. 우리가 지혜의 마음, 즉 '릭파'에 가닿으면 그것은 순식간에 구석구석 퍼져 나가기 때문이다. 자비심을 갖는다면, 그래서 그 크고 넓은 깨달음의 세계를 살짝이라도 맛본다면, 그것은 사방으로 계속 확대되어 나갈 것이다.

깨달음은 내면에 잠재된 원망이나 두려움 속으로도 파고든다. 내가 가지고 있던 고정관념이나 선입견 속으로도 파고든다. 나아가 그것은 우리 스스로에게 가졌던 '자아상'마저 무너뜨릴 기세로 파고든다. 그러다가 어쩌면 실제라고 확신했던 인생 전체가 한낱 꿈처럼 느껴질 수도 있다.

내가 열 살 때 일이다. 친한 친구가 매일같이 악몽을 꿨다. 친구는 꿈에서 끔찍한 괴물들에게 쫓겨 어두컴컴한 건물 안으로 뛰어들곤 했다. 건물 안에서 숨을 헐떡이고 있으면, 등 뒤에서 괴물들이 뛰어 들어왔다. 친구가 살려달라고 비명을 지르며 깨어나야 꿈은 끝이 났다. 나는 친구 이야기를 듣고, 꿈속 괴물들이 어떻게 생겼는지 물었다. 친구는 늘 도망치기 바빠 얼굴이 어떻게 생겼는지 제대로 볼 수가 없었다고 말했다.

그런데 그 친구는 내 질문에 괴물들의 모습이 궁금해지기 시작했던 모양이다. 마녀처럼 생겼는지, 혹시 칼을 들고 있었는지 궁금증은 더해갔다. 그러던 어느 날, 친구는 다시 악몽을 꿨다. 전과 다름없이 괴물들은 친구를 잡아먹을 듯 뒤쫓았다. 하지만 이번에 친구는 괴물에 대한 궁금증을 결코 잊지 않았다. 무작정 도망치기를 멈추고, 괴물들 쪽으로 몸을 돌린 것이다. 가슴은 세차게 뛰었지만 친구는 벽을 등지고 서서 괴물들의 모습을 하나하나 똑바로 쳐다봤다. 그러자 이상하게도 괴물들은 친구의 코앞까지 와서 위협적으로 몸을 흔들기는 할망정, 더 이상 가까이 다가오지 못했다. 찬찬히 살펴보니 괴물들은 전부 다섯이었다. 빨갛고 긴 손톱을 가진 회색 곰처럼 생긴 괴물, 눈이 넷 달린 괴물, 뺨에 흉측한 상처가 있는 괴물 등 형상은 제각각이었다. 자세히 살펴보니 그것들은 괴물이라기보다 만화책에 나오는 그림들처럼 우스꽝스러워 보였다. 그런 생각이 들자 괴물들은 슬그머니 눈앞에서 신기루처럼 사라졌다. 그날 이후 친구는 더 이상 악몽을 꾸지 않았다.

부처는 '세 가지 깨어남'에 대해 가르쳤다. 하나는 잠을 자다가 꿈에서 깨어나는 것이고, 두 번째는 죽음을 맞이하여 삶에서 깨어나는 것이며, 세 번째는 우리가 뜬 눈으로 꾸는 꿈인 '미망'에서 깨어나는 것이다. 사람들은 죽을 때 마치 오랜 꿈에서 깨어나는 듯한 경험을 한다고 말한다. 이 말을 들었을 때, 친구의 악몽 이야기가 떠올랐다. 나는 이 모든 것이 정녕 꿈이라면, 무서워하는 것에서 도망치기보다 그것을 정면으로 응시하는 게 낫다는 생각이 불현듯 들었다. 물론 결코 쉽지 않다. 하지만 그 과정을 통해 우리는 자비에 대해 더 많은 것을 배울 것이다.

괴물은 늘 변장을 하고 우리를 찾아온다. 때로는 수치심으로, 때로는 질투심으로, 때로는 자포자기로, 때로는 분노의 가면을 쓰고 찾아온다. 그것은 우리 마음을 괴롭히는 데 천재적이라 우리는 내내 도망치기만 한다. 자기가 쓴 각본에 놀아나고, 문을 닫아 걸고, 누군가에게 폭력을 행사하고, 꽃병을 내던지면서 말이다. 그런 식으로 자기 마음에 일어나는 불편함을 한사코 외면하는 것이다. 불편한 감정을 내면 깊숙이 감춤으로써 고통스러운 기분을 둔감하게 만드는 것이다. 하지만 이것은 도피일 뿐이다. 이런 식으로 괴물을 피하면 도망치느라 일생을 탕진할 수도 있다.

그래서 세상 사람들이 달려야 한다는 강박관념에 사로잡혔나 보다. 사람들은 정신없이 앞만 보고 달리느라 주위의 아름다움을 즐기는 법도 잊었다. 지나치게 속도를 내는 것에만 급급해 자신에게서 삶의 즐거움을 박탈한 것이다.

비록 꿈이었지만 내게도 비슷한 경험이 있다. 그날 꿈에서 나는 칸드로 린포체^{Khandro Rinpoche}(티베트 불교의 어머니이자 예세 초겔의 현신으로 불리는 영적 지도자 – 옮긴이)를 맞이하기 위해 분주하게 집 단장을 하고 있었다. 말 그대로 이리 뛰고 저리 뛰며 청소와 요리를 했다. 이윽고 린포체가 도착했고, 그가 제자들을 이끌고 차에서 내렸다. 나는 뛰쳐나가서 인사를 올렸다. 린포체는 만면에 웃음을 띤 채 내게 물었다.

"오늘 아침에 해가 뜨는 걸 보았나요?"

"아니요, 못 봤는데요. 실은 해 뜨는 걸 보기에 오늘은 너무 바빴어요."

그러자 린포체는 웃으며 답했다.

"세상에 자기 삶을 못 살 만큼 바쁜 일도 있나요?"

때로는 사람들이 어둠이나 속도를 더 좋아하는 것처럼 보인다. 천년만년 불평불만을 늘어놓고, 원한을 품을 것처럼 보인다. 그러나 원망과 적개심의 한복판에서도 우리는 한 줄기 희미한 자비의 실마리를 발견한다. 이런 상상을 해보자.

어디선가 아기 웃음소리가 귓가를 울리고, 고소한 빵 굽는 냄새가 코를 스친다. 청량한 바람이 볼을 어루만지고, 느닷없이 수선화가 눈앞에서 첫 꽃망울을 터뜨린다. 그때 우리는 질식할 것 같은 내면의 어둠에서 벗어나 세상의 아름다움을 향해 마음을 연다.

그래서 나는 삶에 대한 불필요한 저항을 없애려면, 삶과 얼굴을 맞대고 정면으로 부딪쳐보라고 말한다. 방 안이 너무 더워 화가 나면, 더위와 만나서 그 맹렬함과 괴로움을 느껴보라. 반대로 너무 추워 화가 나면, 추위와 만나서 살을 에는 아픔과 고통을 느껴보라. 비가 와서 불만이면, 그 축축함과 정면으로 부딪쳐보라. 창문이 바람에 마구 흔들려서 걱정이라면 바람과 만나 그 소란한 소리를 생생하게 경험해보라.

어떤 일이든 문제를 해결할 수 있다는 기대를 거두는 게 자신에게 주는 최고의 선물이다. 추위와 더위에 대한 해결책은 없다. 그것들은 영원히 존재하기 때문이다. 그런 의미에서 고통은 영원하다. 우리가 죽은 후에도 밀물과 썰물은 끊임없이 오가며, 낮과 밤은 계속 교차될 것이다. 밀물과 썰물이 오가고, 낮과 밤이 교차되는 그것이 바로 세상 모든 만물에 깃든 본성이다. 이것을 이해할 때 우리는 있는 그대로 감사할 줄 알며, 진리를 알아차릴 수 있고, 모든 것을 향해 마음을 열 수 있다. 이것이 바로 자비의 핵심이다.

암흑의 시대는 다음과 같은 징조가 함께 다가온다. 즉 강물과 대기가 오염되며, 국가간에 전쟁이 일어나고, 가족간에는 불화가 빈번하며, 집 없이 떠도는 걸인들이 도처에 넘쳐난다. 하나 더 있다. 사람들이 '자기 회의'라는 독소에 중독되는 것, 그래서 사람들이 겁쟁이가 되는 것도 암흑의 시대가 갖는 중요한 특징이다.

그럼 이러한 암흑의 시대에 스스로를 구제할 수 있는 가장 좋은 방법은 무엇일까? 바로 자기 자신에게 자비를 베푸는 것이다. 자신의 실제 모습을 알아차리는 것이다. 자기가 만든 자아상에 집착하는 것은 입을 다물고 눈을 가리는 일이나 마찬가지다. 아름다운 야생화가 가득한 들판에 서서 얼굴에 검은 두건을 뒤집어쓴 것처럼, 또는 아름답게 지저귀는 새들로 가득한 숲 한복판에 서서 귀마개를 한 것과 같다.

우리는 삶에 대한 쓸데없는 원망과 저항이 너무 많다. 그것은 손쓸 수도 없는 전염병처럼 온 나라를 뒤덮고 전 세계를 오염시키고 있다. 이제 괴물로부터 도망치기만 할 것이 아니라 도망치던 몸을 되돌려 그것을 똑바로 바라봐야 할 시점이다. 자비심을 다해 그것을 받아들여야 할 순간이다.

마음이 허전해도 즉시 메우려고 하지 말라.
그냥 잠시 멈춰서 고요하게 기다려라.
이것이야말로 삶을 바꾸는 경험이다.

스스로를 공격하지 마라

<small>여섯</small>

'뭔가를 해치지 않는다!'

이 말은 대상을 죽이지 않고, 대상에게서 뭔가를 빼앗지 않고, 대상에게 거짓말도 하지 않는다는 뜻이다. 하지만 이것만이 전부는 아니다. 대상에 적대적인 마음을 품지 않는 것도 포함된다. 즉, 행동이든 마음이든 누군가를 공격하지 않는 것이다. 불교의 가르침에 따르면 우리가 자신이나 타인에게 해를 가하지 않으면, 그로부터 치유의 힘이 흘러 나온다고 한다.

이 '해치지 않음'이 '깨달은 사회'를 이루는 기본 토대다. 처음에도 나와 남을 해하지 않고, 중간에도 나와 남을 해하지 않으며, 마지막에도 나와 남을 해하지 않아야 한다. 온전한 세상은 이렇게 만들어진다. 그러려면 온전한 정신을 지닌 시민들이 필요하다.

하지만 우리는 스스로 상처를 주는 본질적인 공격성과 적대감에서 벗어나지 못한다. 너그러우면서도 숨김없이 자신을 바라보는 용기와 자존감이 결여돼 있기 때문이다. 그래서 우리는 제 모습조차 알지 못하는 무지한 상태로 살아간다.

'해치지 않음'의 기본은 깨어 있는 마음이다. 보이는 것을 있는 그대로 보되, 존중과 자비를 가지고 꾸밈없이 바라보는 것이다. 물론 명상을 할 때는 깨어 있는 마음가짐을 가지려고 노력한다. 하지만 중요한 것은 명상을 하지 않을 때도 항상 그 마음을 가져야 한다는 점이다. 그래야만 우리는 삶의 세밀한 부분까지 속속들이 알아차릴 수 있다. 그러면 어떤 경험이라도 더 이상 눈을 감거나 귀와 코를 막지 않은 채 저항하지 않고 받아들이게 된다. 그런 일이 차츰 쌓여갈 때 우리는 경험하는 모든 것들의 덧없음을 있는 그대로 알아차리게 되며, 아무런 비판을 하지 않고 자신을 존중하게 될 것이다. 물론 이것은 하루아침에 이루어지지 않는다. 우리가 일생 동안 걸어가야 하는 여정이다.

만약 이 구도의 여정에 좀 더 마음을 쏟으면 어떨까? 그동안 스스로를 해치는 온갖 방법에 어떻게 길들어왔는지 깨닫고 충격을 받을 것이다. 우리가 가진 습관의 뿌리는 너무 깊어 남들의 귀띔조차 알아차리지 못한다. 부드럽게 타이르든 막말로 몰아붙이든 마찬가지다. 그동안 해오던 습관에 길들어, 그 사고의 틀 안에서만 생각이 맴돌기 때문이다.

자신이 누군가를 어떻게 해치는지 똑똑히 바라본다는 것은 무척 고통스럽다. 그것을 알아차리기까지 상당한 시간이 걸린다. 그것은 우리가 깨어있음, 마음챙김과 자비심, 그리고 정직함에 전념하며 명상을 할 때 알아차리는 진실이다. 구도의 여정은 이처럼 그저 바라보는 것에서부터 시작한다. 물론 그냥 바라보는 것은 아니다. 마음을 챙기고 깨어 있는 의식으로 바라봐야 진실이 보인다.

'해치지 않는' 두 번째 단계는 자제심이다. 깨어있음이 바탕이라면 자제심은 길이다. 그런데 자제심이라는 단어는 왠지 우리를 옥죄고 긴장감을 자아낸다. 활기차며 명랑하고 재미있는 사람이라면 이런 답답한 자제심 따위는 실천하지 않을 거라는 생각도든다. 하지만 자제심은 진리를 추구하는 수행자로 다시 태어나기위해 꼭 갖춰야 할 요건이다. 이는 갑갑하고 따분한 순간이 와도다른 기분 전환거리를 찾아 주위를 두리번거리지 않는 것이다. 어떤 공백이 생길 때 그것을 금세 다른 것으로 채우지 않는 게 수행이기 때문이다.

예전에 나는 마음챙김과 자제심을 결합한 명상법을 배운 적이 있다. 그때 나를 지도했던 스승은 불편함을 느낄 때 내가 몸을 어떻게 움직이는지 관찰하라고 가르쳤다. 그 결과는 놀라웠다. 나는 불편한 기분이 들면 가렵지 않은데 코나 머리를 긁었고, 무심코 귀를 잡아당기거나 괜히 옷매무새를 가다듬었다. 중간에 자책하는 기분이 들 때는 손을 가만히 두지 못하고, 안절부절 못했다. 그날 내가 받은 가르침은 아무것도 변화시키지 말고, 자신을 비난하지 말며, 그저 자신이 무엇을 하는지만 지켜보라는 것이었다.

우리는 항상 어떤 것으로부터 도피하려고 애쓴다. 끊임없이 기분 전환거리를 찾는다. 이 상황을 알아차림으로써 우리가 깨닫는 가장 중요한 교훈은 세상 모든 게 무상하다는 것이다. 자제심은 우리가 이런 깨달음으로 나아가기 위해 꼭 갖추어야 할 삶의 자세다. 그것은 습관적이고 충동적인 반응을 멈추는 것이다. 또한 마음을 즐겁게 하는 행위를 포기한다는 의미이기도 하다. 자제심을 실천함으로써 우리는 마음에서 어떻게 탐욕이 발생하며, 그것이 우리를 어떤 행동으로 이끄는지 꿰뚫어보게 된다. 끊임없이 도피하려고 하는 데는 근본적인 이유가 있다. 우리가 마음의 낌새를 살피지 않고 너무 빨리 행동으로 옮기는 바람에 그 이유가 뭔지 제대로 파악하지 못할 뿐이다.

그것은 무상함과 관련이 있다. 우리는 삶의 무상함과 마주치지 않기 위해 기를 쓰고 피한다. 하지만 우리가 경험하는 모든 일상적인 삶의 기저에는, 우리의 모든 행동이나 말, 생각의 배후에는 모든 것이 덧없다는 삶의 진리가 도사리고 있다. 물거품처럼 위태롭게 부글거린다. 우리는 그것을 불안이나 두려움으로 경험한다. 또한 무상함은 우리에게서 열정이나 적대감, 무지, 질투, 자만심을 끄집어내는 자극원이 되기도 한다. 하지만 우리는 단순히 그 현상만을 경험할 뿐, 그것의 본질까지 깊숙이 탐구하지 않는다.

우리는 자제심을 실천함으로써 삶이 가진 근본적인 무상함과 내면 깊숙이 자리한 두려움의 본질을 알게 된다. 이것은 삶의 덧없음을 통렬하게 깨닫는 수단이다. 만약 우리가 자제하지 않고 말이나 행동, 생각으로 즉시 마음을 즐겁게 꾸미거나 기분 전환을 해버린다면 어떻게 될까? 마음은 쉬지 못하며, 결코 편안해질 수 없다. 내내 화살처럼 빠르게 질주하는 삶을 살 것이다. 내 할아버지가 정신 사나우니 하지 말라고 했던 그런 행위들에서 영원히 헤어나지 못할 것이다.

자제심을 실천함으로써 우리는 스스로와 친구가 돼 우리에게 깃든 가장 심오한 차원의 가능성을 꽃피울 수 있다. 물거품이나 트림, 방귀처럼 덧없는 세상사의 밑바닥에 도사린 심오한 차원을 탐사하는 것이다. 그것은 강박적이고 자기중심적이며, 남을 지배하려는 우리의 어떤 실제와 대면하는 일이기도 하다.

우리는 모든 것의 기저에서 불안이나 두려움을 발견하지만, 그것은 사실이 아닐 수도 있다. 모든 것의 근원에는 지극히 온화하며 부드러운 힘이 출렁인다.

수행에 얽힌 유명한 이야기가 있다. 옛날 한 젊은 전사가 있었다. 스승은 그에게 늘 '두려움'과 맞서 싸워야 한다고 가르쳤다. 하지만 전사는 스승의 말을 따를 수 없었다. 그에게 '두려움'이란 너무 무시무시한 사나운 적으로 보였기 때문이다. 하지만 스승은 가르침을 굽히지 않았다. 그는 제자가 반드시 두려움과 맞서 싸우기를 바라며, 대결할 때 유용한 지침까지 알려주었다. 그러던 어느 날, 드디어 결전의 순간이 다가왔다. 전사는 이쪽에 섰고, '두려움'은 반대쪽에 섰다. 그들 모두 각자의 무기를 가지고 나왔다. 전사는 자기가 너무 왜소하게 느껴졌으며, 반대로 대적해야 할 '두려움'은 엄청 크고 살기등등해 보였다. 하지만 젊은 전사는 마음을 다잡고 '두려움' 쪽으로 다가갔다. 그러고는 머리를 세 번 조아린 다음에 이렇게 물었다.

"당신과 대결할 수 있도록 허락해 주시겠습니까?"

그러자 '두려움'은 말했다.

"이렇게 허락까지 구하며 나를 존중해주니 고맙군."

그러자 젊은 전사가 용기를 얻어서 말했다.

"어떻게 하면 내가 당신을 물리칠 수 있을까요?"

'두려움'은 대답했다.

"내가 가진 무기는 말을 속사포처럼 쏟아내며, 내 얼굴을 당신에게 바짝 들이대는 것이지. 그러면 사람들은 완전히 기가 죽어서 내가 하자는 대로 다하거든. 하지만 알고 보면 나는 아무것도 아니지. 설령 내가 하자는 대로 당신이 따르지 않아도 그걸 강제할 수 있는 아무런 힘이 없으니까. 모든 게 당신 하기에 달렸어. 당신은 내 말을 들어줄 수도 있고, 나를 존중할 수도 있어. 물론 나에게 설득당할 수도 있지. 하지만 내가 시키는 대로 당신이 따르지 않으면, 내게는 아무런 힘도 없지."

실제로도 이와 같은 일이 벌어진다. 우리 스스로 지겹도록 반복하는 정신 사나운 짓거리도 존중해주어야 하며, 끊임없이 챗바퀴를 맴도는 감정 놀이도 이해해야 한다. 그런 과정을 거쳐서 우리는 자신이 어떤 방식으로 고통이나 혼란을 증폭시키는지, 어떤 방식으로 스스로를 공격하는지 알게 된다. 하지만 걱정할 필요는 없다. 우리의 마음 바탕에는 기본적인 선^善과 지혜, 그리고 이성이 갖춰져 있기 때문이다.

우리는 자기 자신과 타인을 해치는 일을 지금 당장이라도 멈출 수 있다. 깨어 있는 의식으로 마음챙김을 하면 우리 마음에서 무슨 일이 일어나는지 세세히 알아차린다. 따라서 작은 영역에서 큰 영역으로 증폭되는 감정의 연쇄 반응을 즉시 멈출 수 있다.

사소한 일은 그냥 내버려둬라. 그러면 작은 일이 그냥 작은 일에서 멈춘다. 세계대전이나 가정폭력으로 확대되지 않는다. 이 모든 것이 우리가 잠시 멈춤을 배우는 데 달렸다. 똑같은 행위를 충동적으로 되풀이하지 않음을 배우는 데 달렸다.

마음에 뭔가 허전한 느낌이 들어도 그것을 즉시 메우려고 하지 마라. 그냥 잠시 멈춰서 고요하게 기다려라. 이것이야말로 삶을 전환시켜주는 경험이다. 이렇게 인생에 여백과 빈 공간을 마련해 갈 때 우리에게는 여유가 깃든다. 이런 기다림을 통해 삶의 근원적인 무한함과 무상함을 만나게 된다.

이런 수행의 보상은 무엇일까? 그 중 하나는 우리가 더 이상 자신에게 해를 가하지 않는다는 점이다. 우리는 자신을 더 철저히 알게 되며, 있는 그대로 존중하게 된다. 또한 무슨 일이 닥치더라도 지레 겁먹지 않는다. 예를 들어 누가 집 안으로 걸어 들어온다고 해도, 나아가 그 누군가가 거실 소파에 죽치고 앉아 있다고 해도 말이다. 물론 이런 마음은 우리가 솔직하고 너그럽게 마음챙김 수행을 해나갈 때 이루어진다.

우리는 이런 수행을 거쳐서 마침내 아무것도 해치지 않는 차원에 도달할 수 있다. 우리 몸과 마음, 그리고 말(言)에서 근본적인 웰빙well-being이 실현되는 순간이다.

균형을 이룬 몸은 마치 거대한 산처럼 변화한다. 산에서는 많은 일이 일어난다. 우박도 내리고, 바람도 불고, 눈비도 쏟아진다. 태양은 뜨겁게 내리쬐고, 구름은 제 몸을 걸치고 쉬어가며, 오가는 뭇 짐승들은 온갖 볼일을 본다. 또 산에 와서 쓰레기를 버리는 사람도 있고, 누군가는 일부러 찾아와서 그걸 치우기도 한다. 산은 이처럼 많은 것이 오간다. 온갖 일이 벌어진다. 하지만 산은 언제나 그 자리에 묵묵히 존재한다.

우리가 스스로를 완전히 이해하면, 우리 몸에도 산과 같은 고요함이 깃든다. 더 이상 안절부절못할 일도 없고, 가렵지 않은데 코를 긁지 않아도 되며, 무심코 귀를 잡아당길 이유도 없다. 아울러 남을 때리거나 방에서 뛰쳐나갈 일도 없으며, 고주망태가 되도록 술에 취하지 않아도 된다. 자신과 온전히 좋은 관계를 이루면 우리 몸과 마음은 저절로 고요함에 머문다. 그렇다고 해서 더 이상 달리거나 뛰거나 춤추지 않는다는 뜻은 아니다. 나는 표면적인 행위를 말하는 게 아니다. 무슨 일이든 충동적으로 행하지 말라는 것이다. 이를 통해 과로하거나 과식하지 않으며, 지나친 흡연이나 음주, 지나친 성적 매력을 추구하지 않게 된다. 한마디로, 더 이상 자신을 해치지 않는 것이다.

한편 말(言)의 웰빙은 '줄 없는 거문고'와도 같다. 줄이 없어도 거문고는 여전히 악기다. 어디까지나 우리가 하는 말이 안정을 찾았을 때 이미지를 표현하자면 그렇다는 뜻이다. 우리는 더 이상

말로 남을 지배하려고 들지 않으며, 초조한 나머지 불필요한 말을 불쑥 내뱉지도 않는다. 또한 그릇된 말을 할까봐 전전긍긍해 하지 않으며, 까치나 까마귀처럼 하릴없이 재잘대며 수다를 떠는 데 시간을 허비하지도 않는다.

우리는 이제까지 온갖 종류의 말을 다 들었다. 모욕적인 말도 들었고, 칭찬도 받았다. 우리는 모든 사람들이 화가 났거나 평화로운 상황이 어떤지 알고 있다. 그래서 자기 자신과 아주 편안히 지내면 세상 속에서도 편하게 지낸다. 불안하고 초조하거나 아니면 습관적으로 늘 그랬기 때문에 입을 열어야 한다고 느끼지도 않는다. 우리가 하는 말은 길이 잘 들어서, 말을 하면 고스란히 마음이 전해진다. 우리는 또한 말이라는 선물을 한낱 신경과민을 표현하느라 낭비하지 않는다.

끝으로 마음의 웰빙은 파문 한 점 일지 않는 산정 호수와도 같다. 호수에 잔물결이 일지 않으면 주위의 모든 것이 수면 위에 그대로 비친다. 반대로 어떤 것이 물살을 휘저어 놓으면 아무것도 보이지 않는다. 따라서 편안한 마음은 파문 한 점 일지 않는 고요한 호수와 같다. 이때 우리 마음은 호수 바닥에 가라앉은 온갖 오물에 대해서도 한없는 호의로 가득찬다. 따라서 그것들을 묵묵히 끌어안은 채 물살을 휘젓고 싶은 욕구를 느끼지 않는다.

자신이든 타인이든 마찬가지다. 우리가 누군가를 마음으로도 해치지 않으려면 항시 깨어 있어야 한다. 이 말은 자기의 말과 행동을 스스로 알아차릴 만큼 속도를 늦춘다는 의미도 포함된다. 감정의 연쇄반응을 더 많이 알아차리고, 그것이 어떻게 작용하는지 더 많이 이해할수록 자제하기는 훨씬 쉽다. 일상생활 속에서 깨어 있고, 속도를 늦추며, 알아차리는 것은 그대로 삶의 방식이 된다.

해치는 마음을 일으키는 뿌리는 무지에서 비롯된다. 우리가 명상을 하는 까닭도 이 무지함을 녹여내기 위해서다. 우리가 마음챙김을 하지 못하고, 자제하지도 못하며, 전체적으로 균형을 잃어버렸다는 것을 알아차렸을 때, 그것은 혼란이 아니라 우리가 명료해지는 출발점에 선 것이다. 세월이 흐름에 따라 귀가 먹고, 눈이 흐려지며, 말을 못 하면서 점차 자기 능력을 상실한다. 하지만 흥미롭게도 이런 과정을 통해 우리는 더 초조해지는 게 아니라 오히려 자유로워진다. 내가 불완전하다고 해서 불안해 하지 않고 '지금 여기'에 머무를 때, 우리는 자연스럽게 '해방'을 맞이한다.

불안과 괴로움으로부터 영원히 벗어날 수 있다는
희망을 기꺼이 버려라. 구도의 첫 단계다.

희망 없이 살아라 _{일곱}

진리(다르마Dharma, 법法)를 탐구하기로 결심해도 삶의 덧없음은 벗어나지 못한다. 안전을 확보할 수도 없고, 편안히 발붙일 땅이 생기지도 않는다. 그렇다면 마음을 구도에 둠으로써 우리가 실제로 얻는 이익은 무엇일까? 바로 삶이 무상하며 늘 변한다는 사실을 두려움 없이 받아들이고, 절망을 잘 다룬다는 점이다.

티베트 말에는 '예탕체Ye Tang Che'라는 재미있는 단어가 있다. '예'는 '통틀어서' 또는 '완전히'를 의미하며, '탕체'는 '지친' 혹은 '소진된'을 뜻한다. 결국 이 두 낱말을 합친 예탕체는 '완전히 지쳐버린' 혹은 '완전히 질려서 나자빠진'이라는 의미다. 이 단어는 모든 희망을 포기했을 때 찾아오는 완전한 절망의 순간을 가리킨다. '완전한 절망'이라는 말에서 모든 것이 다 끝나버린 죽음과 같은 경험을 떠올릴지 모른다. 하지만 이 말이 새로운 출발점이 될 수도 있다. "더 좋은 길이 있다" "나를 도와줄 더 나은 사람이 있다"는 희망을 포기하지 않는 한, 우리는 결코 자신이 머물러 있는 공간이나 자신의 상태를 너그럽게 받아들이지 못한다. 따라서 완전한 절망을 경험하는 지점은 중요하다. 물론 완전한 절망을 아무나 소화하기는 힘들다. 구도의 길을 가는 데는 반드시 '내려놓음'이 필요하기 때문이다.

흔히 사람들은 노력하면 결국 모든 것을 다 얻을 수 있다고 착각한다. 하지만 이런 생각이 얼마나 비현실적인지 이해하지 못한다. 마찬가지로 영원히 지속되는 안전을 추구하는 것도 부질없다. 이런 무지에서 단번에 벗어나기란 쉽지 않다. 몸과 마음에 켜켜이 쌓인 습관의 틀이 그만큼 공고하기 때문이다. 우리가 이런 어리석은 미망에서 벗어나려면 첫 번째로 우리가 가진 기본적인 신념부터 의심해야 한다.

우리가 무심코 믿는 신념들은 무수히 많다. 먼저 고정되고 분리된 개체로서 자아가 실재한다는 신념이 있다. 즐거움만 취하고 괴로움은 피한다는 신념은 어떤가. 또 내가 괴로운 이유가 외부에 존재하는 무엇 때문이라는 신념도 마찬가지다. 우리가 무지에서 벗어나려면 이런 생각의 거짓을 깨닫고, 거기서 완전히 벗어나야 한다. 이런 식의 사고로는 도저히 만족할 수 없다는 자각이 필요하다. 노력해서 뭔가를 얻어 만족과 행복을 보장받는다는 희망에 진지하게 의심을 품을 때 무지와 고통은 차츰 소멸된다.

여기서 말하는 '절망'은 우리가 더 이상 거짓 희망을 가지고 세상을 살지 않음을 말한다. 물론 누군가는 여전히 그런 신념을 가지고 세상을 살고 싶을지 모른다. 당연한 바람이다. 누구라도 자기가 디딘 땅이 언제 무너질지 몰라 불안해 하기보다 탄탄하고 확고하기를 바라지 않겠는가. 하지만 온갖 수단과 방법을 동원해 영원한 안전을 바라지만 그 시도는 언제나 "영원한 것은 없다"는 뼈저린 교훈으로 돌아올 뿐이다.

영원한 안전을 추구하는 과정에서 배우는 게 있다. 해보지 않으면 '영원한 안전'이 왜 불가능한지 알 수 없기 때문이다. 본격적인 구도의 길을 걷기로 마음먹었다면 이런 발견과 통찰의 속도는 더 빨라진다. 마음의 초점을 진리에 맞출 때 '영원한 안전'을 향한 바람이 얼마나 헛된지, 또 우리가 디디고 있는 땅이 얼마나 허망한지 통렬하게 깨닫는다.

나는 이를 무신론과 유신론의 차이에 견주어 설명한다. 그 차이는 단순히 신의 존재를 믿느냐, 안 믿느냐가 아니다. 그것은 불교도를 포함해 모든 이들에게 두루 적용된다. 예컨대 유신론자에게는 누군가 내 손을 잡아준다는 확신이 마음 깊이 자리한다. 그들은 자기가 바른 일을 할 때 보살펴줄 일종의 '보모保姆' 같은 존재가 등장하기를 기대한다. 스스로의 권한과 책임을 포기하고, 이를 외부의 특정 존재에게 위임하려는 경향을 보이는 것이다. 반면 무신론자는 외부의 존재에게 나를 보호해달라며 손을 내밀지 않는다. 무신론자들은 '지금 이 순간'의 모호함과 불확실성 속에서도 그저 느긋하게 머무를 뿐이다.

이따금 우리는 다르마, 즉 진리를 내면 세계가 아닌 외부 세계에서 찾는 어리석음에 빠진다. 그것을 외부의 신적 존재나 내 기대치에 부합하는 어떤 대상으로 가정하기도 한다. 그러나 진리는 믿음도 독단적인 교리도 아니다. 진리는 모든 것이 무상하며 끊임없이 변화한다는 사실에 대한 온전한 알아차림일 뿐이다. 그 가르침은 우리가 손에 넣으려는 순간 사라진다. 모든 희망을 버리고 스스로 경험을 통해 탐구하는 수밖에 도리가 없다. 예부터 용기와 자비를 갖춘 선각자들은 진리를 몸소 체험하고, 후세에 가르쳤다. 그렇다고 그들의 메시지를 무조건 믿고 따르라는 말은 아니다. 구도의 길에는 우리가 붙잡고 의지할 어떤 것도 주어지지 않는다.

무신론도 마찬가지다. 애초부터 우리가 믿고 의지할 보모 같은 존재가 없음을 통렬하게 깨달아야 한다. 물론 잠시 좋은 보모를 찾은 양 희희낙락할 때가 있다. 하지만 그 역시 언젠가 사라지기 마련이다. 진정한 무신론은 오고 가는 것이 보모만이 아님을 깨닫는다. 우리의 인생 전부가 그와 같다. 이것이 바로 진리며, 진리란 그토록 불편하다.

기댈 뭔가를 찾은 사람의 삶은 더욱 불편하다. 어쩌면 유신론은 중독과 다름없다. 온갖 의심과 의문들이 저절로 사라질 거라는 희망에 중독된 상태다. 이는 사회에도 부정적인 영향을 미친다. 어딘가에 기댈 안전한 장소가 있다는 신념으로, 맹렬하게 질주하는 중독자들이 많은 사회는 자비로운 곳이 아니다.

부처가 말한 네 가지 성스러운 진리(고苦, 집集, 멸滅, 도道의 사성제四聖諦 – 옮긴이) 가운데 첫 번째는, 인생살이를 고통스럽게 여기는 게 잘못이 아니라는 가르침이다. 얼마나 위안이 되는가! 마침내 진리를 말한 이가 나타났다.

고통은 삶의 일부다. 따라서 자기가 잘못을 저질러 고통을 받는다고 여길 필요가 없다. 하지만 우리는 고통을 겪을 때 내가 뭔가를 잘못 처리해 대가를 치른다고 해석한다. 이것이 희망 중독증이 갖는 폐해다. 결국 우리는 유쾌하고 행복한 경험만 채울 거라는 헛된 믿음을 가지며 계속 고통을 치른다.

티베트어에서 '희망'을 뜻하는 단어는 '레와Rewa'다. '두려움'은 '독파Dokpa'다. 그런데 이 두 단어를 따로 사용하는 경우는 드물다. 두 단어를 합해 '레독Redok'이라는 말로 더 자주 사용한다. 이처럼 희망과 두려움은 떼려야 뗄 수 없는 동전의 양면 같은 관계다. 한쪽 측면이 있다면 반드시 반대쪽 측면도 존재한다. 내가 희망 중독증을 경계하라는 이유도 그래서다. 이 '레독'이 바로 고통의 원인이기 때문이다.

희망과 두려움이 존재하는 세계에서는 언제나 TV 채널을 바꿔야 하고, 온도를 바꿔야 하며, 음악도 바꿔야 한다. 뭔가 끊임없이 불편하거나 불안하고, 어딘가 아파오고 또 그 대처법을 끊임없이 찾는다. 그러나 무신론적인 마음에서는 희망을 포기하는 자세가 긍정이며, 새로운 시작의 출발점이다. 이제 냉장고 문에 "나는 날마다 좋아지고, 더 좋아진다"는 낡은 열망 대신 "희망을 포기하라"는 문구를 붙여보자.

희망과 두려움은 자기에게 뭔가 부족하다는 느낌, 즉 결핍에서 비롯된다. 그래서 끊임없이 뭔가를 채워 넣으려고 한다. 이런 믿음 속에서는 스스로를 결코 편안하게 받아들이지 못한다. 끊임없이 희망에 집착할 수밖에 없고, 그 희망은 우리에게 가장 소중한 '지금 이 순간'을 앗아간다. 나아가 그런 결핍은 세상 전체로 확장된다. 세상 역시 뭔가 부족하며 다른 사람들도 모두 마찬가지라고 느낀다.

우리 내면에 있는 부정적인 생각과 굳이 힘겨루기를 할 필요가 없다. 지금 이 순간, 기분이 정말 '개똥 같다'면 그냥 "개똥 같다"고 인정해버려라. 그것이야말로 자비롭고 용감한 자세다. 상황을 구태여 좋게 보려고 노력할 필요는 없다. 그러면 그 개똥 덩어리가 실제로 어떤지, 냄새와 생김새, 색깔, 질감 등을 확인해볼 수 있다.

그제야 우리는 똥이 두렵다며 과장된 공포에 떨지 않고, 좋게 보려고 장황하게 미화하지도 않는다. 나아가 그 본질을 탐구하게 된다. 또한 그 과정에서 수치심이나 혐오감의 본질을 알아차리고, 그런 감정이 잘못이 아님을 깨닫는다. 언젠가 '좀 더 나은 나'가 되리라는 근본적인 희망마저 버릴 수 있다. 마치 내가 거기에 있지도 않았던 것처럼, '지금의 나'를 건너뛰어서 순식간에 '또 다른 나'를 만드는 일은 불가능하다. 그런 허황된 희망을 갖느니, 차라리 내가 가진 모든 희망과 두려움을 정면으로 응시하는 편이 훨씬 낫다. 그러면 우리 내면에 근원적으로 자리하는 온전한 마음 바탕에서부터 굳센 자신감이 솟아난다.

바로 이 시점에서 '포기' 또는 '금욕'이 필요하다. 내가 더 나아질 거라는 기대나 내가 겪는 경험만은 다를 거라는 희망을 일체 포기하라. 불가의 수행에서 음주와 색色을 비롯해 다양한 금욕의 계율을 만든 이유다. 그 자체로 나쁘거나 부도덕해서가 아니다. 거기에 실낱 같은 희망을 걸고 마음을 의지하기 때문이다. 금욕의 참뜻은 그것들을 도피 수단으로 사용하지 말고, 위안을 얻거나 주의를 뺏기지 말라는 것이다. 그러므로 진정한 금욕은 '있는 그대로의 나'에게서 벗어나리라는 끈질긴 희망을 놓는 것, 그 자체다. '지금 이 순간' 우리에게 다가오는 뭔가를 똑바로 응시할 수 없어 힘이 들 때, 그래서 뭔가에 주의를 돌리고 싶을 때 우리를 채찍질하는 가르침이 바로 포기요, 금욕이다.

어느 날 비행기에서 한 사람을 만났다. 내 옆자리에 앉은 남자였는데, 얘기를 나누다가도 온갖 약을 먹느라 대화가 중단됐다. 나는 의아해서 물었다. "지금 드시는 게 무슨 약인가요?" 그는 여러 가지 신경안정제를 먹고 있다고 말했다. 나는 다시 물었다. "아, 그럼 지금 기분이 불안하신가요?" 그러자 그 사람은 이렇게 대꾸했다.

"아니요, 지금은 괜찮아요. 하지만 집에 도착하면 불안해질 것 같아서요."

이 이야기를 읽고 어쩌면 실소를 터뜨렸을지도 모르겠다. 하지만 정작 마음이 불편하거나 불안할 때, 또는 기분이 답답해질 때 스스로 어떤 행동을 하는지 돌이켜보라. 겁을 먹었을 때 마음에서 어떤 반응이 일어나는지도 관찰해보라. 그 순간 쉬지 않고 뭔가에 매달리려는 자기 자신을 알아차려라. 뭔가에 매달리고 집착할 때 그 뿌리는 희망이다. 절망은 어디에도 매달리거나 집착하지 않는 마음이다.

희망과 두려움이 동전의 양면처럼 한 쌍으로 존재한다면 절망과 자신감도 마찬가지다. 괴로움과 불안을 삶에서 영원히 몰아낸다는 마음만 버린다면 정처 없는 세상살이를 느긋하게 대처하는 용기가 생긴다. 이것이 구도의 길을 걷는 첫 단계다. 희망과 두려움을 끊임없이 반복하는 어리석음을 넘어서는 데 관심이 없다면 소위 '불佛·법法·승僧(불교도가 존경하고 공양해야 할 부처, 교법(진리), 승려를 일컫는 말 - 옮긴이)'은 아무런 의미도 없다.

구도의 길은 우리 발밑에 기대고 설 만한 땅이 존재할 거라는 희망을 완전히 포기하는 것이다. 이 가르침이 마음을 사로잡아 좀처럼 떠나지 않고, 마치 어려서 헤어졌던 어머니를 다시 만난 듯 친숙하다면 귀의할 준비는 끝났다. 완벽하게 따를 수 있다고 느끼든 아니든 상관없다.

절망이야말로 수행의 기초다. 절망에서 출발해야만 우리는 노력하면 안전하리라는 헛된 희망을 품지 않는다. 안전을 구하려고 수행을 한다면 중요한 뭔가를 놓칠 수밖에 없다. 물론 우리는 안전하려는 그릇된 희망 속에서 명상을 하고, 가르침도 연구하며, 모든 계율과 지침을 따르기도 한다. 하지만 그 길의 끝은 실망과 괴로움만 남을 뿐이다. 그러니 이 충고를 귀하게 여기고 가슴 깊이 새겨라. 시간을 헛되이 보내지 않으리라.

"우리가 기대고 설 만한 땅을 얻으리라는 희망 따위는 완전히 포기하라. 그 후에 다시 수행을 시작하라!"

우리가 가진 모든 불안과 불만, 나만은 다르다는 그릇된 희망의 뿌리는 모두 죽음에 대한 두려움에서 비롯된다. 일본 선禪의 대가인 순류(Shunryu Suzukr Roshi) 선사는 이렇게 말했다.

"삶이란 지금 막 바다로 출항하여 금세 침몰할 배를 타는 것과도 같다."

하지만 이런 말을 아무리 듣고 또 들어도 정작 자기의 죽음만은 믿기 어려운 게 인생이다.

온갖 수행에서 죽음을 진지하게 관찰하고 말하지만 통렬하게 깨닫기는 어렵다. 우리 삶에서 유일하게 믿는 죽음도 사람들은 까마득하게 여긴다. "나는 절대 죽지 않아!"라고 죽음을 부정하는 사람은 아무도 없다. 죽는다는 사실은 누구나 안다. 다만 죽음은 먼 미래의 일이라 사람들은 큰 희망을 품고 살 뿐이다.

우리는 대부분 죽음을 감추고 두려워하는 문화권에서 성장했다. 그럼에도 우리는 일상에서도 늘 죽음을 경험하며 살아간다. 실망이라는 감정, 수포로 돌아가는 일 모두 죽음의 한 형태다. 만물이 변하는 과정도 매 순간 죽음의 속성이 깃든다. 날이 저물 때, 1초가 끝날 때, 숨을 내쉴 때 등 우리는 일상에서 늘 죽음을 경험한다. 원치 않는 경험도 '일상에서의 죽음'이다. 엇나가는 결혼 생활, 뜻대로 되지 않는 직장 생활도 일종의 죽음이다. 즉 일상에서의 죽음은 뜻대로 일이 풀리지 않을 때 묵묵히 기다려야 함을 말한다.

우리는 원치 않는 일을 겪었을 때, 불편한 기분이 들더라도 편안히 머무르는 법을 배워야 한다. 불안과 공포, 수치심 속에서도 느긋하게 시간을 보낼 줄 안다면 어떨까. 그런 시간이 흐르고 또 경험이 쌓이면, 우리를 보살펴줄 '보모' 같은 외부의 구원자를 안달복달하며 찾아 헤맬 필요가 없다.

이처럼 죽음과 절망은 우리가 지혜롭고 자비로운 삶을 사는데 꼭 필요한 동기를 제공한다. 그런데도 우리는 일생의 대부분을 죽음을 모면하려고 애면글면하는 데 바친다. 뭔가 꺼림칙한 기분이 들어도 습관적으로 회피한다. 마치 손아귀에 움켜쥔 모래가 손가락 사이로 끊임없이 빠져나가듯, 만물이 늘 변하고 있다는 사실을 어떻게든 부정하려고 애를 쓴다.

시간은 계속 흐른다. 낮이 밤이 되고, 여름이 가을로 바뀌는 일은 자연스럽다. 그런데 나이를 먹고, 병에 걸리고, 연인과 이별하는 일은 자연스럽게 받아들이지 않는다. 어떻게든 '죽음의 느낌'을 피하려고 기를 쓰기 때문이다.

사람들은 죽음을 그저 떠올리기만 해도 소스라치게 놀라며 겁에 질린다. 손가락을 살짝 베여 피가 나면 그냥 일회용 반창고로 충분하다. 하지만 있는 그대로 그렇게 단순하게 받아들이는 사람들은 많지 않다. 그들은 벌어진 사건을 자기 나름의 습관으로 채색한다. 가령 손가락을 베이면 누군가는 옷이 온통 피로 물들 때까지 피만 흘리다 시간을 보내고, 또 누군가는 치료할 생각은 않고 신경질만 부린다. 일회용 반창고로 부족해 구급차를 부르거나 굳이 무늬 있는 예쁜 반창고를 고집하기도 한다. 이처럼 우리는 인생의 근본은 잊은 채 자잘한 장식에 집착한다. 반창고를 붙이는 게 근본이다. 바로 우리가 집중해야 할 출발점이다.

인생의 근본으로 돌아오라. 지금도 우리 손가락에서는 피가 흐른다. 그 핵심을 있는 그대로 바라보라. 장식적인 군더더기를 빼고 핵심에만 집중하라. 지금 이 순간, 절망과 함께 머무르고, 죽음과 함께 머물러라. 끝이 있다는 진실을 저항하지 말고 받아들여라. 모든 것은 흘러가기 마련이고, 영원히 존재하지 않는다. 이것이 바로 생의 근본이며, 핵심이다.

절망과 죽음을 외면하지 않고 바라볼 때 비로소 우리는 생의 진실과 마주하고, 도피하지 않는다. 설령 온갖 중독에 길들여져도 그것을 행복에 이르는 길로 착각하지 않는다. 우리는 '중독'이라는 짧은 쾌락을 셀 수 없이 많이 탐닉했다. 이제는 그런 희망에 기대고 매달리는 게 불행의 원천임을 안다. 짧은 쾌락으로 오랜 지옥을 견뎌야 하는 그런 불행 말이다.

희망을 포기함으로써 스스로에게 끝까지 머물러라. 자신과 친구가 되어라. 자기 자신에게서 달아나 외부의 구원자를 찾아 헤매지 마라. 그러면 무슨 일을 만나든 생의 근본 문제로 돌아오기 마련이다. 모든 배후에는 항시 죽음에 대한 두려움이 도사리기 때문이다. 그 점이 우리를 끊임없이 불안하게 하고, 두려움에 빠뜨리며, 안절부절못하게 하는 요인이다. 하지만 절망을 온전히 체험하면 달라진다. '지금 이 순간'에 대한 모든 희망을 완전히 포기했을 때, 우리는 자기 자신을 비롯해 인생 전체와 평화로운 관계를 맺을 수 있다. '죽음' 또는 '무상'이라는 유일한 실체를 더 이상 회피하거나 무시하려고 애쓸 필요가 없기 때문이다.

모래성 놀이를 한껏 즐기되 결코 집착하지 말라.
때가 되면 바닷물에 휩쓸리도록 두는 게 삶을 사는 지혜다.

칭찬에도 비난에도 휘둘리지 마라

부처는 희망과 두려움에 대해 '여덟 가지 세속적인 진리(흔히 팔세간법八世間法, 혹은 팔풍八風이라고 불림 – 옮긴이)'를 가르쳤다. 서로 반대되는 이 개념은 네 쌍으로 이루어졌다. 넷은 우리가 좋아하고 집착하는 것이며, 나머지 넷은 싫어하고 회피하는 것이다. 이 팔세간법이 전하고자 하는 핵심은 분명하다. '그런 대립에 사로잡히는 한 고통만 남는다!' 그것은 다음과 같다.

첫째, 우리는 즐거움을 좋아하고 집착한다. 반면 괴로움은 싫어하며 회피한다. 둘째, 우리는 칭찬을 바라며 집착한다. 반면 비난은 두려워하며 회피한다. 셋째, 우리는 명예를 좇으며 집착한다. 반면 불명예나 수치는 싫어하며 회피한다. 끝으로 넷째, 우리는 이익에 기뻐하고 뭔가 계속 얻으려고 집착한다. 반면, 손해는 슬퍼하며 가진 것을 잃게 될까봐 두려워한다.

부처는 우리가 여기에 얽매여 있는 한 결코 윤회의 고통에서 헤어날 수 없다는 진리를 가르쳤다. 실제로 기분이 좋으면, 즐거움이나 칭찬, 명예, 이익 등에만 우리 생각이 맴돈다. 반대로 기분이 나쁘면, 괴로움이나 비난, 불명예, 손해에서 벗어나지 못한다.

칭찬과 비난을 예로 들어보자. 누군가 당신에게 "오늘따라 나이가 들어 보여요"라는 말을 건넸다고 하자. 만약 얼른 어른이 되고 싶어하는 초등학생이나 십대 청소년이었다면, 그 말에 무척 기분이 좋았을지도 모른다. 묘한 쾌감과 우쭐함마저 느끼지 않겠는가. 반면, 젊어지기 위해 안달하는 중년 여성이나 할머니였다면 어땠을까? 상대방의 말에 모욕감을 느끼는 정도를 넘어 씻기 힘든 상처로 남을지도 모른다.

이처럼 우리는 똑같은 세상사를 놓고도 어떻게 해석하느냐에 따라 기분이 극에서 극으로 오간다. 따라서 내 기분이 시시각각 어떻게 변하는지 주의 깊게 살피면, 스스로 어떤 설정을 만들어 놓고 사는지 알아차리게 된다.

우리는 언제나 내면에 '주관적인 현실'을 품고 산다. 그것이 외부 세계와 부딪쳐 끊임없이 감정적인 반응을 일으킨다. 그래서 누군가 "나이 들어 보인다"고 말하면 우리는 주관적인 현실이 빚어내는 특정한 감정 상태로 들어간다. 즉 스스로 만든 설정에 따라 기쁘거나 슬프고 혹은 만족하거나 분노한다. 그 반응은 사람마다 제각각이다. 어떤 사람에게 엄청난 감정적 반응을 일으키는 경험이 다른 사람에게는 아무렇지 않은 일에 불과하다.

사실 따지고 보면 말은 그냥 말일 뿐이다. 우리를 더 늙게 만들거나 젊게 만들지 못한다. 설령 심각한 내용이 적힌 편지를 받아도 그것은 그냥 편지일 뿐이다. 전화벨이 울려도 마찬가지다.

아침에 일어나 잠자리에 들 때까지 우리에게는 정말 많은 일들이 벌어진다. 심지어 잠을 자는 동안에도 꿈속에서 다양한 사람들을 만나고 온갖 사건을 겪는다. 이처럼 우리 앞에서는 오만 가지 사건이 줄을 잇고, 수많은 사물과 사람이 나타났다가 사라지기를 반복한다. 이는 어차피 벌어지는 일이다. 하지만 우리의 반응은 어떤가? 특정한 경험만 남기려고 집착하고, 그 외에는 거부하거나 피하려고 늘 전전긍긍하지 않는가. 그것이 바로 부처가 말한 '팔세간법'에 빠져 헤어나지 못하는 증거다.

역설적으로 그런 '팔세간법'을 만들어 우리를 얽어매는 사람은 바로 우리 자신이다. 우리는 세상에서 경험하는 사건에 대한 반응으로, 이 팔세간법을 내면에 무의식적으로 만든다. 이는 소위 '에고'가 자기를 보호하고 존속시키려고 이리저리 꾸미는 설정일 뿐이다. 실체가 아니다. 그런데 흥미롭게도 그런 설정을 만드는 '에고'조차도 고정된 실체가 아니다. 그것 역시 꾸며낸 환영에 불과하다. 결국 환영이 스스로를 보호하려고 거품을 키우는 것이다. 그러니 이 모든 게 '헛소동'이 아니고 무엇이랴.

누구나 즐거움을 좋아하고 괴로움은 싫어하며, 이익은 기뻐하고 손해는 슬퍼한다. 또 칭찬을 바라고 비난을 두려워하며, 명예를 좇고 불명예는 회피한다. 오락가락하는 이런 감정 놀음에 지쳐 아예 감정을 없애버리겠다고 다짐할 수도 있다. 하지만 그보다 그것들이 무엇인지 실체를 알아차리는 게 더 현실적인 접근이다. 감정이 나를 어떻게 중독으로 몰아 가며, 내 현실 인식을 왜곡하는지 통찰해보라. 나아가 이런 것들이 고정된 실체가 아님을 알아차려라. 이렇게 할 때 '여덟 가지 세속적인 진리(팔세간법)'는 우리를 더 지혜롭고 더 친절하며 더 행복하게 만드는 수단이 된다.

이때 즐거움과 괴로움 또는 이익과 손해 같은 반대 개념들이 우리 감정과 느낌에 어떻게 관여하는지 세세히 알아차리는 게 무엇보다 중요하다. 그 과정에서 우리는 그저 스쳐 지나가는 작은 생각이나 에너지가 순식간에 애드벌룬만큼 거대한 괴로움으로 부풀어 오르는 것을 확인하게 된다. 이때 두려움을 버리고 자기 앞에 솔직해져야 한다. 우리는 즐거움, 칭찬, 명예, 이익만을 좇는 습관에 사로잡혀, 수행 중에도 자신에게 유리한 결과가 나오도록 모든 상황을 조종하려고 하기 때문이다. 하지만 지혜로운 눈으로 현실을 알아차리면 우리는 사소한 일조차 통제하지 못하는 허깨비 같은 존재임을 깨닫게 된다. 그저 변덕스러운 기분에 맞춰 이리저리 널뛰듯 반응할 뿐이다. 마음의 장난질에 휩쓸려 끝도 없이 춤추는 꼴이다.

때로는 명상을 통해 스스로 만든 설정에 얽매여 완전히 감정에 휩쓸린 자신을 발견할 수도 있다. 느닷없이 누군가에게 뺨이라도 맞은 것처럼 가슴에서 참기 힘든 분노가 일기도 한다. 그때 문득 이런 생각이 스치면 안심하라.

'잠깐! 지금 내가 뭘 하고 있지?'

상황을 있는 그대로 알아차리면 내가 어떤 것을 잃어버렸거나 비난받는 것 같은 기분이 됐음을 안다. 그 기분의 출처가 없다는 것도 안다. 우리는 또 말짱 '헛소동' 같은 팔세간법에 걸려들었다.

바로 그 순간, 우리는 특별한 에너지를 경험할 것이다. 분주한 생각이 차츰 녹아 사라지는 에너지이자 내게 '잠시 멈춤'이라는 여유를 허락하는 에너지다. 이처럼 온갖 야단법석을 떨며 우리를 괴롭히는 헛소동 너머에는 드넓은 창공이 펼쳐진다. 바로 거기, 태풍의 눈 안에서 우리는 모든 것을 멈추고 편안하게 쉴 수 있다. 반대로 자신이 만든 설정에 얽매여 즐겁거나 행복한 환상에 허우적거리기도 한다. 그런 행복감에 빠져들 때도 정신을 바짝 차리고 상황을 세세히 알아차려라. 그러면 자신이 뭔가를 얻었거나 이겼거나 칭찬받는 듯 느끼지만, 실상 그 기분이 온 곳이 없음을 깨닫게 된다. 예측도 통제도 없는 상황에 휘말려 이리저리 무의식적인 춤만 췄을 뿐이다. 또 다시 팔세간법에 낚인 것이다.

이런 의미에서 인간은 진정으로 예측 불가능한 존재다. 작은 생각 하나가 순식간에 커진다. 그러고는 지금 자신을 덮치는 게 뭔지 알아차릴 새도 없이 희망과 두려움에 빠져 헤어나지 못한다. 우리가 사는 세상의 이치도 이처럼 제멋대로다. 여기서 잠깐 티베트에 불교를 전한 위대한 스승 파드마삼바바Padmasambhava의 이야기를 해볼까 한다.

파드마삼바바는 8세기 인물로, 전설에 따르면 어느 날 아침에 호수 한가운데에 핀 연꽃 위에 앉은 채로 모습을 드러냈다고 한다. '파드마삼바바'라는 이름 자체가 '연꽃 위에서 태어났다'는 의미다. 그는 '스승들의 스승'이라는 뜻에서 '구루 린포체Guru Rinpoche'로도 불린다. 이 비범한 인물은 완전히 깨달은 상태로 태어났고, 이미 현상계가 안으로나 바깥으로나 아무런 실재實在가 없음을 알아차렸다고 한다. 다만 그는 범속한 일상이 세상에서 어떤 식으로 움직이는지 몰랐을 따름이다. 그는 광채와 아름다움을 타고났으며, 사람들은 그 모습을 보고 모두 그에게 매료됐다. 그 역시 이 사실을 알았다. 결국 국왕조차 이 어린 소년에게 흠뻑 빠져 궁전에서 살도록 했고, 친아들처럼 대했다.

그런데 소년은 호기심이 무척 많았다. 하루는 궁전 옥상에서 왕이 제례를 올릴 때 사용하는 종과 금강저金剛杵를 가지고 놀았다. 아이는 즐거움에 들떠 종을 치고 금강저를 돌리며 춤을 췄다. 그러다 소년은 장난삼아 종과 금강저를 허공에 던졌는데, 공교롭게도 아래로 지나가던 두 행인의 머리에 맞고 말았다. 두 사람은 그 자리에서 즉사했다. 이 사실에 온 나라 사람들은 분노로 들끓었다. 왕에게 파드마삼바바를 추방하라고 요구했다. 결국 그날 소년은 빈털터리 몸으로 황야로 쫓겨났다.

불과 며칠 만에 소년은 세상이 어떻게 돌아가는지 큰 교훈을 얻었다. 칭찬과 비난을 이토록 짧고도 생생하게 경험하자 그는 윤회가 일상에서 어떻게 구현되는지 비로소 알게 됐다. 그때부터 그는 희망과 두려움을 버리고 기쁜 마음으로 사람들을 일깨우는 일을 시작했다.

우리 인생에도 이런 일은 숱하게 벌어진다. 앞으로 경험하는 모든 일에 팔세간법의 이치가 어떻게 작용하는지 탐구해보라. 그냥 무의식적으로 습관적인 행동에 휩쓸리지 말고, 칭찬이나 비난을 받을 때 자신이 어떻게 반응하는지 세세하게 알아차려보라. 뭔가를 얻거나 잃었을 때도 마찬가지다. 단순히 기쁨이나 괴로움이라는 감정 자체만을 느끼는지 아니면 스스로 설정한 시나리오에 맞춰 모종의 드라마를 만들어내는지. 어린아이와 같은 호기심으로 면밀하게 보라. 그제야 겉으로는 골칫거리처럼 보였던 문제들이 실상은 지혜의 원천임을 깨닫는다.

흥미롭게도 우리가 어린이와 같은 호기심을 가질 때 에고의 고통이나 자기중심적인 성향이 줄어든다. 순수한 호기심은 우리를 선입견에서 빠져나오게 함으로써 상황을 좀 더 명료하게 바라보도록 한다. 하지만 우리 의식 상태는 즐겁거나 고통스러운 감정에 치우칠 때가 많다. 극단적인 양쪽을 오가며 자기가 무엇을 하고 있는지 알아차릴 새도 없이 이리저리 춤만 추는 꼴이다. 그러니 팔세간법의 사슬에 얽매어 쳇바퀴처럼 돌 수밖에 없다. 자신이 맞닥뜨린 게 무엇인지 알아차리기 전에 우리는 제멋에 겨워 시나리오 한 편을 뚝딱 만들어낸다. 내가 왜 옳은지, 그가 왜 그른지 혹은 내가 왜 그걸 얻어야 하는지 밑도 끝도 없는 근거를 들어가며 나만의 이야기를 지어낸다. 하지만 내면에 일어나는 이런 과정을 온전히 이해하면 모든 게 달라진다. 쳇바퀴를 맴돌던 인생이 획일적인 틀에서 벗어나 차츰 유연해지며, 뭔가 갑갑했던 기분을 떨치고 자유로우며 홀가분해진다.

우리는 바닷가에서 모래성을 쌓는 어린 아이와 같다. 예쁜 조개껍데기와 파도에 실려 떠내려온 나뭇조각, 형형색색의 깨진 유리조각으로 우리는 성을 멋지게 단장한다. 그 성의 주인은 오직

나다. 다른 사람은 절대 출입할 수 없다. 누군가 성에 흠집을 내겠다고 위협하면 우리는 당장이라도 싸울 태세를 갖춘다. 하지만 그런 애착과 상관없이 언젠가 밀물이 들어와 공든 모래성을 휩쓴다. 우리도 그것을 안다. 따라서 그 모래성 놀이를 한껏 즐기되, 결코 집착하지 말며, 때가 되면 바닷물에 휩쓸리도록 두는 게 삶을 사는 지혜다.

이를 '무착無着(Nonattachment)'이라고 부른다. 모든 걸 제 갈 길로 가도록 내버려 둔다는 의미다. 이 단어에서 차갑고 냉정한 거리감을 느낄지 모르지만 무착은 훨씬 사랑스럽고 친근한 느낌을 가진 낱말이다. 마치 끝도 없이 질문을 쏟아내는 다섯 살배기 꼬마와 같다. 그것은 자신의 고통을 완전히 앎으로써 끝없는 도피를 멈추고자 하는 마음이다. 그러다보면 우리가 던지는 질문은 점점 커지고, 내면의 호기심도 맞춰 자란다. 도대체 상실이란 무엇일까? 그것을 안다면 다른 사람의 삶이 산산이 무너질 때 그들을 진정으로 이해하기란 어렵지 않다. 반대로 이익이란 무엇일까? 그것을 안다면 다른 사람들이 기쁘고 즐거워하며 우쭐댈 때 그들을 진정으로 이해할 수 있다.

자신이 어떻게 팔세간법의 낚시질에 걸려드는지 또 어떻게 희망과 두려움의 틀에 중독되는지 더 자비롭고 지혜로운 눈으로 알아차려라. 그러면 모든 존재들을 향한 연민도 충만하게 자란다.

자신이 겪는 혼란의 실체를 알기에 남이 겪는 혼란을 이해하고 즉시 도우려는 마음을 낼 수 있다.

하지만 희망과 두려움의 틀을 제대로 알아차리지 못하면, 한 생각이 일어나는 순간을 제대로 보지 못한다면, 꼬리에 꼬리를 무는 감정의 연쇄반응을 제대로 관찰하지 못하면, 그리고 자신이 설정한 드라마의 덫에 걸린 채 명상 수행을 계속하면, 우리는 언제나 두려움에 떨 수밖에 없다. 내가 사는 이 세상, 내가 만나는 모든 사람이, 내 집 문 앞에 갑자기 들이닥치는 짐승들을 포함한 모든 것들이 점점 더 나를 위협할 것이다.

우리는 거창한 게 아니라 자신의 생각과 감정, 느낌을 살피는 것부터 해야 한다. 사람들은 '자기를 바라보는 명상'에 들어갈 때 뭔가 오해를 한다. 십중팔구 자신이 결점이 많다고 느끼거나 괴로운 일이 있을 때 혹은 자신이 저지른 행위를 정화하고 싶을 때 이런 명상을 시도한다. 설령 그렇더라도 걱정할 필요는 없다. 오해에서 출발해도 수행은 진전된다. 내가 그랬듯 남들도 희망과 두려움이라는 틀에 중독되어 헤어나지 못한다는 것을 결국 알게 된다. 또 어디를 가든 무슨 일을 하든 팔세간법의 사슬에 얽매임으로써 고통이 온다는 것을 이해하게 된다. 아울러 다른 사람들에게 나의 도움이 필요하지만, 먼저 스스로를 돕지 않고서는 다른 사람을 이롭게 할 수 없다는 것도 알아차리게 된다.

그래서 시간이 흐름에 따라 수행의 기본 동기가 변하기 시작한다. 다른 사람을 도울 수 있도록 자기 마음을 길들이려고 하며, 더 이성적인 사람이 되려고 노력한다. 물론 여전히 마음이 어떻게 작동하는지, 윤회의 삶으로 우리가 어떻게 휩쓸려 들어가는지 알아차리려는 탐구심은 한결같다. 하지만 그것은 더 이상 나 자신만을 위해서가 아니다. 부모 형제와 친구, 직장 동료 등을 비롯해 주위 사람들을 도우려는 마음이다. 나아가 진퇴양란에 빠진 인류 전체를 돕고자 하는 마음이다.

우리가 적으로 또 불청객으로 취급하는 외로움은
'지금 이 순간'에서 도피해 나와 함께할 수 있는 어떤 것,
혹은 누군가를 찾으려는 생각만으로 꽉 찬 불안정한 상태다.

아
홉

고요한 외로움을 벗 삼아라

불가에서는 이쪽으로도 저쪽으로도 치우치지 않은 바른 도리를 '중도中道'라고 한다. 이 중도는 물리적인 중간점은 아니다. 거기에는 어떤 기준점 자체가 존재하지 않는다. 따라서 중도는 어딘가에 머무르지도 않고, 뭔가에 얽매이지도 않는다. 그런데 기준점 없는 마음을 가진다는 게 가능할까?

기준점을 가지지 않음으로써, 우리는 습관적으로 움직이는 무조건적인 반응에서 벗어난다. '이것 아니면 저것'이라는 극단적인 행동도 그 중 하나다. 그것은 왼쪽으로도 오른쪽으로도 갈 수 없다면, 차라리 죽는 게 낫다는 식의 태도다. 실제로 왼쪽으로도 오른쪽으로도 갈 수 없을 때 우리는 수용소에 감금된 듯 숨 막히는 갑갑함을 느낀다. 하지만 왼쪽 아니면 오른쪽을 택하던 방식을 탈피하려고 하면, 갑자기 마약을 끊은 약물 중독자처럼 격렬한 초조함이 숨통을 조인다. 그 초조함은 꽤나 묵직한 무게와 통증으로 가슴을 내리누른다.

하지만 '이것 아니면 저것'이라는 태도는 우리 삶을 개선하지 못한다. 오랜 세월 우리는 왼쪽이 아니면 오른쪽으로, '예스' 아니면 '노'를 택했고, 이 길이 아니면 저 길로 걸었지만 결과는 거기서 거기였을 뿐, 아무것도 달라지지 않았다. 언제나 확고한 안전을 찾아서 전전긍긍했지만 순간적인 쾌락말고는 얻은 게 없다. 좌선을 하다가 포갠 다리를 이리저리 바꾸는 것에 지나지 않는다. 가부좌를 하고 있을 때 다리가 아프면 우리는 자세를 다른 식으로 고친다. 그리고 안도한다. 하지만 불과 몇 분이 지나지 않아 또 어딘가 불편해 다시 몸을 뒤척인다. 우리는 그런 식으로 지속적인 즐거움과 편안함, 만족감을 찾아 이리저리 헤맨다. 언제나 잠시 그것들을 누릴 뿐이다.

누구나 "윤회의 고통" 혹은 "해탈"이라는 말은 들어봤을 것이다. 그렇다면 뭔가에 매여 있다가 어디에도 얽매이지 않은 상태가 되는 게 얼마나 고통스러운지 들어본 적은 있는가? 흔히 '걸림 없는 자유'를 부러워하지만, 사실 어디에도 매이지 않는 자유를 얻기까지는 엄청난 용기가 필요하다. 우리가 실체를 인식하는 방식 자체를 근본적으로 뜯어고쳐야 하기 때문이다. 그것은 우리

DNA를 바꾸는 것 이상으로 혁명적이다.

　게다가 우리가 뜯어고치려는 인식 유형은 '나'만의 것이 아니다. 그것은 인류가 살아가는 해법을 찾기 위해 까마득한 세월 동안 무수히 많은 가능성을 세상에 투사해 만든, 인류 전체의 습관적인 인식 유형이다.

　인간은 오랫동안 더 새하얀 치아, 잡초 없는 잔디, 갈등 없는 삶, 부끄럽지 않은 세상 등을 추구해왔다. 그런데 목표에 애써 도달하고 난 후에도 우리는 변함없이 더 행복한 삶을 꿈꾼다. 이런 습관이 우리를 불만족과 고통으로 몰아넣는다.

　우리는 '인간이라서 세상 문제를 해결할 자격을 갖췄고, 다양한 해법을 추구한다'는 식으로 생각한다. 과연 그럴까? 우리는 세상 문제를 해결할 수도 없고, 세상 문제를 해결하겠다고 내놓은 그 해법 때문에 오히려 더 고통을 받는다.

　우리는 세상 문제를 해결할 자격이나 의무가 없다. 단 그보다 나은 뭔가를 누릴 자격이 있다. 바로 우리가 날 때부터 부여받은 천부인권, 곧 중도의 자리다.

　중도란 모순되거나 모호한 상황에서도 편안하게 머무르는 열린 마음이다. 물론 이를 지키는 일은 쉽지 않다. 그동안 인생의 불확실성에 저항하며 '이것 아니면 저것'이라는 태도로 살아왔다면, 모호함을 그대로 열어둔 채 머무르는 중도의 자리가 답답하고 불안하게 느껴질 것이다. 우리는 문제가 생기기 마련이고, 그 문제를 해결해야 한다는 습관적인 인식을 버려야 한다. 그것이 열린 마음을 위하는 길이다.

중도의 길은 활짝 열려 있지만 그 과정은 험난하다. 인류가 오랜 역사에서 공유하고 발전시켜온 '신경증적인 패턴'과 맞지 않기 때문이다. 외롭거나 절망을 느끼면 우리는 있는 그대로 머무르기보다 좌우 어디로든 움직이는 게 해결책이라고 생각한다. 우리는 가만히 앉아 있는 그대로를 느끼고 싶어 하지 않는다. 말하자면 '습관적인 인식'에 빠져 있다. 그래서 중도의 길을 위해서는 여기서 벗어나야 한다. 두려워할 필요는 없다. 중도는 우리 모두가 가지고 있는 근원적인 용기를 일깨워줄 것이다.

'중도의 자리'에 머무르고, '지금 이 순간'에 머무르기 위해서는 명상을 터득해야 한다. 명상을 하면 마음에서 어떤 생각이나 감정이 일어나든 비판하지 말고 받아들여야 한다는 진리를 배운다. 즉 명상은 마음에서 일어나는 무엇이든 집착하지 않도록 우리를 이끌어준다. 평소 좋거나 나쁘다고 비판하던 모든 것들을 그냥 생각이라고 인정한다. 그때 우리는 옳고 그름이라는 생각 뒤에 따라붙는 자기만의 드라마에 빠지지 않고, 있는 그대로 바라볼 수 있다.

금세라도 터질 것 같은 비눗방울을 깃털로 살짝 어루만지듯,

오고가는 생각들을 조심스럽게 관찰하라. 그것들이 저절로 생겼다가 제풀에 사라지도록 내버려두라. 우리는 이런 명상으로 생의 근원적인 불확실성을 받아들이고, 불필요한 저항을 멈추며, 치우친 편견에서 벗어나 중도에 머무는 존재 방식을 발견하게 된다.

물론 외로움이나 지루함, 불안 같은 특정한 감정들이 찾아오면 어떻게든 날려버려야 한다는 충돌이 생길 수밖에 없다. 하지만 이런 불편한 감정들에 여유를 갖지 못하면 중도에 머무는 일은 불가능하다. 우리는 승리 아니면 패배, 칭찬 아니면 비난에 익숙하다. 예컨대 누군가에게 배신을 당하면 그 불편함을 날 것, 즉 있는 그대로 마주하기를 싫어한다. 대신 '자기만의 드라마'를 동원한다. 이제까지 습관적으로 그랬던 것처럼, 자신을 억세게 운이 없는 억울한 사람으로 규정짓는다. 그러고는 배신자가 내 삶을 얼마나 망쳤는지 고함을 지르고 분통을 터트리는 방식으로 있는 그대로의 현실을 외면한다. 어떤 식이든 진실은 가려지고, 승자 아니면 패자라는 틀로 스스로를 규정한다.

이런 습관적인 인식 안에서 외로움은 적으로 혹은 불청객으로 취급된다. 이때의 외로움은 '지금 이 순간'에서 도피해 나와 함께하려는 어떤 것 혹은 누군가를 찾고 싶은 생각만으로 꽉 찬 불안정한 상태다. 하지만 마음이 중도에 머무르며 느긋하게 쉴 때는 다르다. 그때 우리는 외로움과 동행하면서도 평화로운 관계를 유지한다. 그것은 고요하며 너그러운 외로움이다. 외로움을 적으로 삼던 우리의 습관적인 생각을 뒤엎는 순간이다.

고요하고 너그러운 외로움은 여섯 가지 특징이 있다.

첫째 갈망이 줄어든다. 마음에 들어앉은 온갖 목소리가 기분 전환이나 마음을 흥겹게 해달라고 아무리 보채고 졸라도 해결책을 따로 찾는 대신 기꺼이 외로움 속에 머무른다. 이처럼 외로움을 바라보며 수행을 시작하면 근원적인 불안을 잠재우는 마음의 씨앗을 심는 일이 된다. 명상 중 생각의 파도가 제아무리 밀려와도 휘둘리지 않고, 그것을 향해 "생각!"이라고 부름으로써 '지금 여기'로 되돌아오는 수행과 같다. 따라서 '덜 갈망하기'를 온 마음을 다해 지속적으로 수행하라. 마음이 아무리 "이건 진짜 중요한 이야기야"라고 속삭여도 예전처럼 쉽게 마음의 유혹에 넘어가지 않을 것이다. 설령 타는 듯 외로워도 괜찮다. 어제와 달리 오늘 불안과 1초라도 더 마주 앉았다면 그게 바로 구도의 길을 가는 수행자의 여정이다. 용기 있게 길을 가는 태도다. 마음이 이리저리 휘둘리고 뭔가 날뛰는 정도가 줄어들수록 우리는 고요한 외로움이 주는 만족감을 더욱 충분히 맛본다. 일본 출신의 위대한 명상 스승인 가타기리(Dainin Katagiri) 선사는 이렇게 말했다.

"외로워 하는 건 얼마든지 좋다. 하지만 '외로움'이라는 뿔에 받혀 나가 떨어지지만 마라."

고요한 외로움이 갖는 두 번째 특징은 '만족'이다. 가진 게 없다면 잃을 것도 없다. 따지고 보면 우리는 잃을 게 아무것도 없는지 모른다. 그런데 우리는 불안하다. 뭔가 가진 게 많고, 주의하지 않으면 그 모든 걸 잃는다고 생각한다. 이런 생각은 실제가 아니다. 그렇게 느끼도록 마음이 꾸며낸 이야기에 불과하다. 잃을 게 많다는 생각의 뿌리에는 두려움이 자리한다. 변화, 해결되지 않는 문제, 존재하지 않는 어떤 것 등에 대한 두려움이다. 또 스스로 기준점이 될 수 없다는 두려움과 이런 감정에서 도망칠 수 있다는 희망도 여기에 한몫한다.

종지 한 장을 펼쳐놓고 한가운데 줄을 그어보라. 우리는 그 줄의 왼쪽이나 오른쪽에 있을 때는 내가 누구인지 안다. 하지만 우리를 왼쪽도 오른쪽 어디에도 놓지 않으면 내가 누구인지 모른다. 그때 우리는 어쩔 줄 모르고 당황한다. 내가 사라진 듯한 두려움에 빠지기도 한다. 아무런 기준점도 없고, 붙잡고 의지할 손도 없다. 여기서는 두 가지 길밖에 없다. 두려움에 질리거나 아니면 몸을 맡기거나.

그런 점에서 만족은 외로움과 이음동의어다. 만족은 차분한 외로움이고, 그 외로움에 녹아들어 함께 머문다. 외로움에서 벗어나면 영원한 용기와 즐거움, 행복 등을 얻을 수 있다는 기대를 버려라. 우리는 이런 기대감이나 믿음을 셀 수 없이 많이 버리고 또 버리면서, 불안이나 초조함과 친구가 된다. 깨어 있는 의식으로 '지금 이 순간'을 알아차리는 명상 또한 버린 만큼 되풀이해야 한다. 그쯤 되면 형식적인 틀에서 벗어나 생활 속에서 명상을 하고, 알아차리는 단계로 중심축이 이동한다. '습관적인 인식'이라는 최면에서 서서히 벗어난다. 그때 우리는 '이것 아니면 저것'이라는 식으로 양자택일을 하지 않고, 외로움 속에서 온전히 머무르게 된다. 지금 이 순간의 느낌과 질감을 인식하며 '지금 여기'에 자족하며 머문다.

세 번째 특징은 불필요한 행위에서 벗어나기다. 우리는 감당하기 어려운 두려움에 휩싸일 때 나를 구원할 뭔가를 통해 탈출구를 찾는다. '외로움'이라는 메스꺼운 느낌이 찾아올 때도 마찬가지다. 절망에서 나를 구해줄 동반자를 찾으려고 마음이 소란스럽게 미쳐 날뛴다. 그 모든 게 '불필요한 행위'다.

그것은 자신을 계속 바쁘게 만들어 고통을 느끼지 않도록 하는 방법이다. 사랑에 병적으로 집착해 백일몽을 꾼다거나 가벼운 흥밋거리를 '아홉 시 뉴스'의 주요 이슈처럼 바꾸는 식이다. 혼자 황야를 찾아 떠나는 모험도 현실을 도피하기 위한 '불필요한 행위'다. 이 모든 행위들은 습관적으로 함께할 동반자를 찾는다. 악마 같은 외로움에서 벗어나기 위해 늘 해온 대로 습관적으로 움직인다.

하지만 이런 행위로 마음을 분주하게 만들지 않고, 자신을 존중하고 스스로에 대해 자비심을 가지면 어떨까? 혼자라는 사실에서 도피하는 습관을 그만두면 어떨까? 두려움이 다가올 때 피하지 않고, 스스로 의지할 뭔가를 붙잡으려고 매달리지 않으면 또 어떨까?

고요한 외로움과 더불어 쉬는 삶은 진정으로 몰입해볼 만한 가치가 있다. 일본 시인 료칸Ryokan은 말했다.

"의미를 찾고 싶다면, 여러 가지를 좇지 마라."

네 번째 특징은 '온전히 절제하기'다. 이는 끊임없이 '지금 이 순간'으로 침착하게 되돌아오는 것이다. '온전한 절제의 외로움'이라고도 한다. 망설임 없이 기꺼이 홀로 고요히 앉아 있는 것이다. 이런 종류의 외로움은 특별히 개발할 필요가 없다. 그저 사물의 실상이 어떤지 깨달을 수 있도록 충분한 시간 동안 홀로 조용히 명상하면 된다.

인간은 근본적으로 혼자이며, 의지할 데라고는 없다. 이것은 문제가 되지 않는다. 우리가 세상을 두고 왈가왈부하는 습관적인 가정이나 추측을 모두 버린다면, 세상은 완전히 새롭게 또 열린 관점으로 우리에게 다가온다. 하지만 우리는 세상을 제대로 알기 전에 "사는 게 다 그렇지 뭐, 나도 알 만큼 알아"라는 식으로 반응한다. 결국 우리는 모르며, 궁극적으로 아무것도 모르는 것이다.

　인생에서 확실한 일은 아무것도 없다. 따라서 우리가 정말 알아야 할 것은 스스로 모를 뿐이라는 단 한 가지 사실이다. 이런 진리는 우리를 고통스럽게 만든다. 그래서 우리는 거기서 멀어지려고 한다. 당연히 그런 도피가 문제를 해결해주지 못한다. '지금 이 순간'으로 돌아와 외로움을 벗 삼아 수행하라. 그것이 바로 해결하지 못한 인생의 순간들이 품고 있는, '은밀한 심오함'을 깨닫는 방법이다. 외로움이라는 모호성으로부터 달아나봐야 그저 자신을 속이는 일에 지나지 않는다.

　다섯 번째 특징은 '욕망의 세계를 방황하지 않기'이다. 이것은 고요한 외로움을 설명하는 또 다른 표현이다. 우리는 외로움으로부터 도망쳐 나를 위로해줄 술, 사람, 음식 등 다양한 대안을 구한다. 이것이 바로 욕망의 세계를 방황하는 일이다. 우리가 사는 대부분의 시간이 모두 여기에 속한다고 해도 지나치지 않다.

　이 '욕망'이라는 말은 중독성을 포함한다. 중독성은 뭔가를 제대로 하기 위해 해결책을 찾으려고 집착하는 상태다. 이런 성향은 천둥벌거숭이 같은 '미성숙'에서 비롯한다. 예컨대 어린 시절 냉장고 안에 항상 먹을거리가 가득 차 있기를 바라고, 힘들 때 엄마를 찾으며 온갖 투정을 부리고 싶은 마음과 다름없다.

하지만 구도의 길은 안락한 집을 떠난 노숙자의 여정과 다름없다. 즉 기분을 달랠 아무런 위안거리 없이 있는 그대로의 실상을 직접 대면하는 것이다. 우리는 외로움을 피해 온갖 욕망의 세계를 방황했다. 외로움은 아무런 문제가 없다. 그것은 어떤 식으로든 해결해야 하는 문제가 아니다. 우리가 겪는 나머지 모든 체험 역시 마찬가지다.

고요한 외로움이 갖는 마지막 여섯 번째 특징은 '산만한 생각을 단속하지 않기'이다. 마법의 융단은 헤졌고, 산통은 깨졌으며, 이 난장판에서 빠져나올 방법은 없다! 우리가 처한 현실이 이렇다. 그 어수선하고 아수라장 같은 현실을 있는 그대로 바라보라. 이러니저러니 대화를 나눌 친구조차 구하지 마라.

고요한 외로움 속에 머무를 때 우리는 더 이상 내면의 재잘거림을 단속하지 않는다. 그저 흘러가도록 내버려둔다. 그래서 스승들은 명상을 할 때 산만한 생각이 떠오르면 싸우지 않고 '생각'이라는 딱지를 붙이라고 가르친다. 내면의 재잘거림은 객관적인 실체가 없고 투명해 붙잡지 못한다. 그러니 환영과 싸우느라 '헛소동'을 벌이지 말고, 떠오른 생각을 그저 살며시 어루만지고 흘러가도록 내버려두라.

고요한 외로움은 자신을 정직하게 바라보되, 쓸데없이 공격하지 않는다. 고요한 외로움 속에 머무는 시간이 많아질수록 우리는 '이렇게 되어야 한다' '그렇게 되고 싶다' '이렇게 보였으면 좋겠다' '꼭 그렇게 되어야겠다'와 같은 이상을 포기한다. 고요한 외로움은 그럴 필요가 없을 만큼 있는 그대로 완벽한 존재이기 때문이다. 대신 스스로를 유머와 자비를 갖고 직접 들여다본다. 그때의 외로움은 더 이상 위협적이지 않으며, 마음을 아프게 하지 않고 우리에게 벌을 주지도 않는다.

그렇다고 고요한 외로움이 그 자체로 어떤 해결책은 못 된다. 발 디딜 곳 없는 우리에게 확고한 영토를 제공하지도 않는다. 오히려 고요한 외로움은 '이것 아니면 저것'이라는 양극화나 편협한 고착화에서 벗어나 기준점조차 사라진 허공 같은 세계로 한 걸음 더 나아가도록 우리의 등을 떠민다. 이것이 바로 중도이며, 성스러운 수행의 길이다.

아침에 눈을 떴을 때 어디선가 소외감과 외로움이 밀려온다면 괴로워 말고 천금 같은 기회로 활용하라. 뭔가 잘못된 일이 일어났다고 여기지 말고 슬픔과 갈망이 교차하는 그 순간, 느긋하게 무한한 인간 내면을 어루만져보라. 부디 그 기회를 놓치지 말기를.

사람들이 말하는 진리가
참인지 거짓인지 스스로 확인해보라.

열

끝없는 호기심으로 삶을 보라

불가에 내려오는 가르침 중에 '세 가지 진리(삼법인三法印)'가 있다. 존재의 세 가지 특성을 총칭하는 말로, 무상無常과 고통, 무아無我가 그것이다. 이 진리는 인간 존재의 가장 근원적인 특징을 정확히 꿰뚫는다. 하지만 선뜻 받아들이기에는 다소 위협적으로 들린다. 우리 존재의 본질이 무상과 고통, 그리고 무아라는 말을 듣고 뭔가 잘못된 것 같은 기분이 들 수도 있다. 인간의 가장 근원적인 상황에 회의가 들지 않겠는가. 하지만 무상과 무아, 고통은 잘못된 것이 아니다. 오히려 축하해야 한다. 이 근원적인 상황으로 우리가 즐거움을 얻기 때문이다.

무상은 모든 존재에 깃든 덕德(goodness)이다. 사계절의 흐름과 낮밤의 변화처럼 만물은 쉬지 않고 변한다. 그런 점에서 무상이야말로 세상 만물의 본질이다. 사람도 마찬가지다. 아기가 자라 어린이가 되고, 청년으로 또 성인을 거쳐 노인으로 살다 죽는다. 무상은 만남과 헤어짐이기도 하다. 타올랐다가 스러지는 사랑과 같다. 그래서 무상은 달콤하면서도 씁쓸하다. 마치 새 와이셔츠를 사서 즐겨 입다가 몇 년 후 구멍 난 이불을 기우는 데 사용하는 것과 같다.

사람들은 무상을 하찮게 여긴다. 만물이 무상하다는 사실을 반기거나 기쁨으로 대하기는커녕 절망하고 고통으로 생각한다. 그래서 빨지 않아도 깨끗하고 다리지 않아도 구김이 안 가는 '무상하지 않은' 것을 만들어 내려고 애쓴다. 만물이 늘 변한다는 진리를 어떻게든 부인하려고 노력한다. 그런 과정에서 우리는 삶이 성스럽다는 감각마저 잃는다. 인간 역시 무상한 자연 법칙의 일부라는 진리조차 잊는다.

무상은 조화의 원리다. 무상에 맞서 저항하지 않을 때 저절로 현실과 조화를 이룬다. 세계의 무수한 문화권에서도 삶의 굽이굽이마다 세상살이의 무상함을 기리고 축복하는 의식이 전해진다. 만남과 헤어짐, 승전과 패전, 탄생과 죽음에 이르기까지 늘 변하는 인생을 축하한다. 우리 역시 삶의 무상함을 존중하고 스스로 축하할 수 있다.

그런데 존재의 세 가지 특성 중 '고통'으로 넘어가면 얘기가 달라진다. 무상과 달리 고통까지 축하할 이유가 있을까? 고통을 축하한다면 그야말로 가학적인 취미가 아닌가. 그런데 여기서 말하는 고통은 대부분 무상에 대한 두려움에 뿌리를 둔다. 또 현실에 대한 치우친 시각이나 균형을 잃은 관점에서 비롯된다.

예컨대 고통은 빼고 즐거움만 누리겠다는 편견도 그 중 하나다. 우리는 그런 믿음을 당연하게 받아들인다. 진실은 다르다. 고통과 즐거움은 한통속이다. 서로 떼어놓지 못한다. 결국 둘 다 환영받아야 한다. 그게 우리 삶이다. 생각해보라. 탄생은 고통스러우면서도 기쁘다. 죽음 또한 그렇다. 아울러 모든 종말은 또 다른 시작이다. 따라서 고통은 형벌이 아니다. 즐거움이 보상이 아니듯.

같은 이치에서 영적으로 고양되는 기분과 나락으로 떨어지는 비참함도 다르지 않다. 이것만 취하고 저것만 버리지 못한다. 이런데도 우리는 기쁨과 고통이 한데 어울려 작용한다는 사실을 알아차리기보다 언제나 고통만을 몰아내고 싶어 한다. 기억하라. 한면만 보지 말고 인생을 통해 상반된 두 가지 모두와 균형 잡힌 관계를 유지하라.

기쁨과 고통은 상호보완적이다. 만약 영적으로 항상 고양된다면 자만해지기 쉽다. 반면, 늘 비참한 기분에서 헤어나지 못한다면 비전을 잃는다. 균형을 상실하는 것이다. 이와 달리 상반되는 두 에너지들과 균형 잡힌 관계를 유지한다면 상황은 변한다. 영적으로 고양될 때 우리는 힘을 얻어 세상이 얼마나 광대하고 경이로운지 깨닫는다. 그 장엄한 에너지는 우리를 삶의 성스러움과 하나가 되도록 이끈다. 반대로 비참한 기분이 찾아올 때 우리는 겸손하게 고개 숙이는 법을 배운다. 마음이 성숙해지며, 타인을 진심으로 이해하는 내면의 주춧돌이 만들어진다. 따라서 기쁨과 고통은 모두 축하받아 마땅하다. 그래야 우리 영혼이 팽창과 수축을 오간다.

이제 '무아'를 말할 차례다. 우리는 무아, 즉 '실체로서 나는 없다'는 진리를 몹시 불편하게 여긴다. 그냥 듣기만 해도 뭔가 대단히 손해 본 것 같은 기분이 든다. 이는 오해일 뿐이다. '무아'는 크게 잃는 게 아니라 많이 얻는 것이다. 인간 본연의 상태인 무아를 알아차리는 일은 마치 눈이 열리고 소리를 듣는 일과 같다. 그제야 우리는 갑갑한 마음의 감옥에서 탈출할 수 있다.

무아는 햇빛에 비유된다. 한 오라기 햇빛에 단단한 태양이 실려 있지는 않지만, 그것은 태양 에너지를 바깥으로 내뿜는 역할을 한다. 마찬가지로 실체 없는 자신을 놓아버릴 때 '깨어있음'은 자연스럽게 빛을 발한다. 무아는 인간이 지닌 근본적인 덕성이며, 누구에게나 조건 없이 존재한다. 우리는 그것을 늘 지니며 한 번도 잃어버린 적이 없다.

그런데 실체로서 내가 없다면 도대체 에고는 무엇일까? 다양한 정의 중 하나는 무상이 인간이 지닌 근본적인 덕성이라면 에고는 그 덕성을 가리는 그림자다. 경험적으로 에고는 우리가 있는 자리에 충만하게 존재하며 언제나 '지금 여기'를 가린다. 우리가 매 순간 자신의 경험과 직접 만나지 못하는 이유다.

존재의 세 가지 특성인 무상과 고통, 무아를 일상에서 축복하며 맞는 방법은 무엇일까. 그것은 간단하다. 무상이 우리 삶에서 발현될 때, 그것을 그저 무상으로 알아차리면 된다. 일부러 어렵게 그 순간을 기다릴 필요도 없다. 예컨대 중요한 편지를 쓰는 도중 볼펜 잉크가 바닥나 나오지 않는다면 그것이 무상임을 알아차려라. 이것 역시 삶의 거대한 원의 일부임을 인식하라.

누가 태어나거나 죽을 때도 마찬가지다. 그것이 무상임을 알아차려라. 사랑에 빠졌을 때, 그 사랑이 하루가 다르게 강렬해질 때, 나아가 그 사랑을 잃었을 때도 그것이 무상의 하나임을 알아차려라. 아침에 일어나 밤에 잠자리에 들 때까지 심지어 꿈속에서도 무상의 이치가 실현되는 순간은 셀 수 없이 많다. 그러므로 무상을 알아차리는 수행이라면 하루 스물네 시간 내내 가능하다. 무상을 무상으로서 알아차려라.

이 수행이 어느 정도 익숙해지면 무상을 경험할 때 자신에게 어떤 반응이 일어나는지 주의 깊게 살펴보고 인식하게 된다. 이

때가 호기심이 생기는 순간이다. 우리는 대체로 삶에서 일어나는 사건에 습관적으로 반응한다. 분개하거나 기뻐하고, 신이 나거나 실망한다. 그런 태도에는 지혜는커녕 마음공부를 하겠다고 스스로를 격려하는 마음도 없다. 그러나 무상을 무상으로 인식할 때 우리는 무상에 대해 자신이 어떻게 반응하는지 인식할 수 있다. 이런 행위를 흔히 마음챙김, 깨어있음, 바라보기, 주의하기 등으로 부른다. 뭐라고 부르든 상관없이 모두 자신을 온전히 탐구하는 데 도움이 되는 수행이다.

고통이 일어날 때도 무상처럼 그저 고통으로 알아차리면 된다. 원하는 걸 얻지 못할 때, 원치 않는 일을 감당할 때, 몸이 여기저기 아플 때, 나이가 들 때 또 죽어갈 때 우리는 누구나 고통스럽다. 그것을 그저 고통으로 인식하라. 그때 스스로 어떤 반응이 일어나는지, 주의 깊게 살펴보고, 마음을 챙기며, 알아차려라.

하지만 그 순간에도 여전히 고통에 분개하거나 속았다는 기분에 마음이 어지러울 때가 있다. 상관없다. 우리가 고통에 어떻게 반응하든 그저 습관일 뿐이다. 이때 그 감정에서 다른 충동이 생기고, 거기서 또 다른 감정이 파생되기도 한다. 그것을 담담히 지켜보라. 그 모든 것은 좋지도 나쁘지도 않다. 자신을 비판하거나 정화하겠다는 의도를 가지지 말고 그저 지켜보기만 하라.

무아도 마찬가지다. 무아를 그저 무아라고 알아차리면 된다.

무아는 시각, 후각, 청각의 명료한 인식이며, 자신을 좁고 답답한 자아에 속박시키지 않고, 다양한 감정이나 생각을 향해 초연하게 여는 순간이다. 삶에서 빈 공간을 봤을 때, 내면의 재잘거림 사이에 드문드문 지나가는 공백이 있을 때, 우리는 불현듯 그것을 무아로 인식한다. 이런 경험을 위해 뭔가 대단한 사건을 벌일 필요도 없다. 무아는 늘 새로움과 열려 있음으로 존재하며, 우리가 오감을 통해 감각하는 환희로 존재한다.

여기서 흥미로운 사실은 우리가 현재 일어나는 일을 모를 때, 갑자기 기준점을 상실했을 때, 충격을 받아 정신이 멍해졌을 때도 무아를 경험한다는 점이다. 그럴 때 스스로 어떤 반응이 일어나는지 알아차려보라. 자신을 더 열기도 하고 어떤 때는 더 재빠르게 자신을 닫기도 한다. 일상 속 어떤 경우라도 무아가 발현될 때 그것을 알아차리면 된다. 일어나는 사건과 그 사건에 대한 반응을 호기심을 가지고 알아차려라. 마음을 챙기고 깨어 있으라.

누군가는 위 세 가지 특성에 평화를 추가해 "존재의 네 가지 특성"이라고 부르기도 한다. 일명 '사법인四法印'이다. 이때 평화는 우리가 흔히 말하는 그런 평화는 아니다. 단순히 전쟁의 반대 개념이 아니다. 여기서 말하는 평화는 반대되는 네 쌍을 투쟁으로 보지 않고, 상호보완으로 바라볼 때 찾아오는 존재의 안녕安寧을 말한다.

아름다움과 추함, 옳음과 그름은 함께한다. 지혜와 무지도 마찬가지다. 이는 아주 오래된 진리며, 많은 사람들이 이 진리를 발견하며 산다. 누구도 예외는 없다. 매 순간마다 모든 찰나마다 호기심을 가지고 알아차리면, 날마다 이런 평화가 새벽에 동이 트듯 우리에게 다가온다. 또 그 많은 경전들에 쓰인 말이 무슨 뜻인지 알게 된다.

아무것도 당연하게 여기지 마라. 남들에게 들은 말도 무작정 믿지 마라. 냉소적으로 굴라는 말이 아니다. 아무리 뛰어난 스승의 가르침이라도 무조건 받아들이지 말고, 진리가 살아 있음을 스스로 탐구하라는 뜻이다. 내 집에서 일어나는 무상과 무아, 고통에 내가 어떻게 반응하는지 호기심을 가지고 알아차려라. 사람들이 말하는 진리가 참인지 거짓인지 스스로 확인하라. 인간 의식의 근원에 자리한 것이 환희인지도 스스로 알아내라.

마음이 흘러가도록 내버려두고
숨을 내쉴 때마다 온전히 죽도록 내버려두라.

화살을 꽃으로 바꾸어라

부처가 보리수 아래서 깨달음을 얻고 명상에 잠겨 있을 때였다. 한밤 중 마구니들(Maras)이 부처를 습격했다. 마구니들은 부처를 향해 화살을 쏘고 칼을 던졌는데, 그 무기들이 모두 공중에서 꽃으로 변했다.

이 이야기는 무엇을 말하는가? 수행의 관점에서 보면 우리가 말하는 장애는 모두 적이 아니라 친구라는 뜻은 아닐까. 온 세상이 힘을 합해 내 의식이 고착되어 있는 지점을 가르쳐주는 것이다. 겉보기에 목숨을 위협하는 화살이나 칼도 실제로는 아름다운 꽃처럼 여겨진다. 우리에게 다가오는 경험을 장애물이나 적으로 보는지 아니면 스승이나 친구로 여기는지는 전적으로 내 현실 인식에 달렸다. 또 우리가 자기 자신과 어떤 관계를 맺는지에 달렸다.

　스승들의 가르침에 따르면 인생의 장애는 내외적 차원에서 동시에 일어난다. 외적인 차원의 장애는 말 그대로 외부적인 존재가 나를 공격해 내 평화로움과 조화로움을 앗아가는 일이다. 어떤 불한당 같은 놈이 내 모든 것을 망쳐놓는 것이다. 우리는 인간관계를 비롯해 삶의 많은 영역에서 이런 부류의 장애를 경험한다. 당연히 억울하고 혼란스러우며 낙심한다. 생각의 차이는 있겠지만 어쨌든 외부의 어떤 것으로부터 공격받았다고 느낀다. 사람들은 태초부터 지금까지 세상에 대해 늘 이런 기분을 가졌다.

　반면, 내적인 차원의 장애는 내 혼란스러움이 외부에서 오는 게 아니다. 오히려 나 스스로 잘못되지 않도록 보호하려는 욕망이 엉뚱하게 작용하는 데서 비롯된다. 이런 맥락에서 볼 때 '있는 그대로'의 현실을 부정한 채 이 순간이 빨리 지나가기를 바라는 태도가 바로 우리 인생을 방해하는 유일한 적이다. 그런데 내가 수행자로서 깨달은 것 중 하나는 내가 알아야 할 것을 다 배우기 전에 저절로 사라지는 장애는 없다는 사실이다. 장애에서 벗어나려고 시속 수백 킬로미터로 달려 도망친 땅 끝에서도 새로운 문제가 우리를 기다린다. 이처럼 장애는 새 이름표를 달고, 새 형태를 띠고, 새 징후를 드러내며 쉼 없이 우리 곁으로 되돌아온다. 내가 현실과 분리된 지점이 어디인지, 내가 어느 순간 마음의 문을 닫고 돌아섰는지, 솔직하게 자신을 들여다보고 알아차릴 때까지 장애는 겉모습만 바꿔가며 우리를 찾는다. 한번은 트룽파가 나를 포함한 제자들을 앞에 두고 이렇게 물었다.

"진짜 화가 나서 미칠 것 같을 때 너희들은 어떻게 반응하느냐? 정말 견디기 힘들 때 자신을 관찰해본 적이 있느냐?"

우리들은 대답할 말을 찾지 못한 채 서로 얼굴만 쳐다봤다. 그러자 트룽파는 한 사람씩 이름을 부르며 다시 한 번 다그쳐 물었다. 우리는 하는 수 없다는 듯 솔직하게 털어놓았다. 아니나 다를까 제자들은 대부분 상황이 엉망이 되면 수행이고 뭐고 다 잊어버린 채 평소 습관대로 행동한다고 답했다. 그날의 기억은 수행을 하는 데 중요한 분기점이 됐다. 그 후 나는 공격을 받거나 배신을 당하거나 혼란스러움을 느끼거나 견디기 힘든 상황을 맞았을 때, 나 스스로 어떻게 반응하는지 분명하게 들여다볼 수 있었다. 나는 내가 무슨 일을 하는지 진정으로 주시하기 시작했다.

마음을 닫았는가, 열었는가? 분노하며 원망했는가, 너그럽게 받아들였는가? 지혜롭게 처신했는가, 어리석게 처신했는가? 고통스러운 경험을 통해 인간으로 존재한다는 게 무엇인지 더 잘 이해했는가, 더욱 심각한 무지에 빠졌는가? 이 세상을 비판적으로 바라보았는가, 자비심으로 바라보았는가? 화살이 내 몸을 뚫고 지나갔는가, 그것들이 모두 꽃으로 바뀌었는가?

스승들은 다양한 '마구니 이야기'를 통해 우리에게 장애의 본질을 가르쳤다. 아울러 인간이 왜 습관적으로 혼란스러워 하는지, 지혜로운 본성이 왜 자신감을 잃는지도 말했다. 옛이야기에 등장하는 마구니들은, 우리가 주로 어떤 방식을 통해 '있는 그대로의 현실'에서 도피하는지 상징적으로 보여준다.

마구니는 크게 네 종류다. 첫째, '욕망 마구니(Devaputra Mara, 마왕파순魔王波旬이라고도 하며, 욕망을 지배하는 욕계의 왕으로 불린다 – 옮긴이)'는 쾌락을 좇는 습성을 가진다. 둘째, '오온 마구니(skandha Mara, 인간이라는 존재를 이루는 다섯 가지 다발을 말하며, 물질인 색온色蘊, 감각 인상인 수온受蘊, 지각 또는 표상인 상온想蘊, 마음의 작용인 행온行蘊, 마음인 식온識蘊이 그것이다 – 옮긴이)'는 자신을 끊임없이 재창조해 기댈 곳을 찾고, 자신이 바라는 이미지대로 꾸민다. 셋째 '번뇌 마구니(Klesha Mara)'는 자신을 계속해서 벙어리로 만들거나 잠들게 하기 위해 감정을 사용한다. 마지막으로 '염라 마구니(Yama Mara, 염마왕閻魔王 또는 염라대왕閻魔大王, Yama-raja라고도 하며, 죽음의 왕으로 불린다 – 옮긴이)는 죽음에 대한 두려움과 관계가 있다.

부처가 명상 중에 네 종류의 마구니들로부터 방해를 받았듯 우리도 수행의 길을 가다보면 이것들과 부딪친다. 때문에 그 속성을 좀더 살펴볼 필요가 있다.

먼저 '욕망 마구니'는 쾌락에 집착한다는 의미를 내포한다. 이 악마는 다음과 같이 작용한다. 창피하거나 불편한 기분이 들 때, 어떤 형태로든 고통이 우리를 엄습할 때 편안해지기 위해 미친 듯이 도망친다. 우리가 삶에서 만나는 장애는 타고 있던 마법의 융단을 없애며, 안전하며 튼튼하다고 믿었던 모든 것들을 한낱 물거품으로 만들 만큼 위력적이다. 그런 위협이 다가올 때 우리는 도저히 그 고통을 참지 못한다. 초조하고, 불안하며, 속이 울렁거리고, 분노가 용암처럼 끓어오르며, 쓰디쓴 원한이 솟구친다. 그래서 고통에 직면하는 대신 쾌락에 탐닉한다. 즐거움을 좇고 고통을 외면하는 인간의 비극적인 습관으로 반응하는 것이다.

이것은 고통을 회피하려는 인간의 중독적인 패턴을 잘 보여준다. 고통이 다가올 때 우리는 그것을 덮어서 차단할 만한 뭔가를 향해 계속 손을 뻗는다. 술을 마시고, 마약에 취하며, 음악에 귀를 기울인다. 심지어 명상마저 그런 용도로 활용한다. 살아 있기 때문에 어쩔 수 없이 생기는 불편하고 불쾌하고 가슴에 사무치는 인생의 자연스러운 경험으로부터 달아나기 위해서. 즉, 누군가 내게 화살을 쏘거나 단검을 던지면 그것들을 꽃으로 변하도록 내버려두지 않고 모든 방법을 동원해 도망치려고 한다.

그렇다고 해서 쾌락을 추구하는 행위 자체를 장애로 여길 필요는 없다. 오히려 그런 행위를 통해 우리는 자신이 고통을 어떻게 대면하는지 관찰하는 기회를 얻는다. 그러니 균형을 잃는 불안한 마음에서 무조건 달아나려고 하지 마라. 끊임없이 고통을 일으키는 존재의 딜레마를 향해 마음을 열어라. 그것이 '욕망 마구니'가 쏘아대는 화살을 꽃으로 바꾸는 비결이다. 스스로 어떻게 도망치는지 직시하라. 내가 얼마나 나약한지 정직함과 너그러움으로 바라보라. 이렇게 가치관을 바꾸면 여태껏 흉물스러웠던 것들이 실은 지혜의 원천이며, 또 우리가 지닌 근원적인 지혜와 통한다는 사실을 깨닫는다.

이제 '오온 마구니'를 보자. 이는 느닷없이 타고 있던 마법의 융단이 사라져버렸을 때 우리가 보이는 반응에서 잘 드러난다. 인생을 살다보면, 누구나 모든 것을 상실한 것 같은 기분이 들 때가 있다. 자신의 처지가 흡사 둥지에서 내동댕이쳐진 아기 새가 된 것처럼 참담하게 느껴질 때도 있다. 바로 다음 순간에 무슨 일이 벌어질지 모른 채, 깜깜한 망망대해를 항해하는 듯한 심정이 들기도 한다.

다음과 같은 상황을 상상해보라. 모든 것을 다 가졌고, 주어진 일도 잘 마무리했는데, 갑자기 폭탄이 떨어져서 살던 곳이 산산조각 났다. 다음 순간 무슨 일이 벌어질지, 지금 내가 어디 있는지조차 분간할 수 없다. 그런데 바로 그 순간, 자아는 스스로를 다시 만들어낸다. 최대한 빠른 속도로 스스로 만든 '자아 이미지'의 확고한 영역으로 되돌아온다. 초감 트룽파는 이것을 '윤회에 대한 향수'라고 명명했다.

그런데 실상을 이해하면 나를 둘러싼 세상이 산산조각 난 바로 그 순간이 우리에겐 일생일대의 기회다. 다만 그런 기회를 살리기에는 자신이 가진 근원적인 지혜를 믿지 못하는 게 문제일 뿐이다. 우리는 습관적 반응을 통해 자신이 만들었던 '자아 이미지', 즉 분노, 원망, 두려움, 혼란스러움으로 되돌아온다. 마치 미켈란젤로가 대리석으로 인물을 조각하듯이 확고부동한 스스로의 인격 혹은 개성을 재창조한다.

이 '오온 마구니'가 꾸미는 일은 비극이나 멜로드라마보다 시트콤에 가깝다. 존재의 실상을 진정으로 바라보는 순간, 마음을 열고 모든 것을 꾸밈없이 투명한 눈으로 관찰하는 순간, 우리는 두꺼운 가면에 짙은 선글라스까지 끼고 스스로를 위장한다. 허깨비에 불과한 '자아 이미지' 뒤로 숨는다. 자기가 모르는 뭔가를 발견할까 두렵다. '이 속에서 뭐가 튀어나올지 누가 알아?'라고 되뇌며 애써 진실을 외면한다.

그렇다고 그런 태도를 장애나 문제로 여길 필요는 없다. 다가오는 경험이 화살이나 칼처럼 위협적이라 해도 에고의 붕괴라는 상황에서 스스로 얼마나 '자아 이미지'를 다시 만들어내는지 살펴보는 기회로 삼으면 된다.

지금 또 앞으로 무슨 일이 일어날지 열린 마음과 초연한 호기심으로 바라보라. 일어나는 경험 속으로 스스로를 풀어놓아라. 흔들리는 '자아 이미지'를 확고하게 재구축하려고 조바심을 내기보다 그저 아무것도 모르는 마음, 근원적인 지혜의 마음을 느껴보라. 곧 화살이나 칼처럼 느꼈던 경험들이 모두 꽃으로 변할 것이다.

'번뇌 마구니'는 강렬한 감정을 동반한다. 우리는 단순한 감정이 일어날 때도 그냥 내버려두지 못한다. 생각이라는 실로 뜨개질을 하듯 이야기를 지어내며 그 이야기로 감정을 더 크게 키운다. 마음을 열고 불편한 감정을 이해하지 않고, 생각과 감정이라는 연료를 사용해 감정의 불길을 더욱 거세고 뜨겁게 만든다. 결코 그냥 내버려두지 못한다.

모든 게 산산조각 나고, 인생이 온통 불확실하게 느껴지며, 주위 모두로부터 실망과 충격, 수치심을 느꼈을 때 무엇이 남겠는가. 단 하나, 깨끗하고 치우침 없는 투명한 마음이 남는다. 하지만 우리는 그 마음을 못 본다. 대신 무인도에 상륙한 듯 불확실성에 불편함을 느끼고, 그런 감정을 스스로 증폭시키며, 세상이 잘못됐다는 현수막을 들고 거리로 행진한다. 집집마다 문을 두드려 세상 모든 게 잘못됐다는 탄원서에 사람들의 서명을 받으며, 자기 세력을 군대처럼 늘리려고 안달한다. 지금까지 명상을 하며 배운 교훈이나 가르침은 까맣게 잊는다. 강렬한 감정이 올라오면 그동안 삶의 기준으로 삼아온 교리나 원칙은 상대적으로 초라하게 느껴진다. 감정이 그보다 훨씬 세기 때문이다.

그래서 손톱만 한 불편함은 삽시간에 산불로 커지고, 세계대전으로 확대되고, 활화산으로 폭발하고, 해일로 우리를 덮친다. 감정을 사용해 감정을 다뤄 생긴 결과다. 감정은 그 자체로 부정적이지 않다. 그것은 본질적으로 살아 있음의 미덕이다. 하지만 우리는 감정이 흘러나오는 대로 내버려두지 않고, 그것을 이리저리 조작해 자신의 피난처를 만드는 데 사용한다.

앞으로 무슨 일이 벌어질지 아무도 모르며, 그 누구도 예측하지 못하는 게 인생의 진실이다. 하지만 그 당연한 진실을 부정하기 위해 우리는 감정을 사용한다. 모든 것이 안전하며 예측 가능하고 실재하는 것처럼 스스로를 속인다. 결국 자기 자신을 진정한 실체로 알아차리지 못하는 바보로 만든다. 일어나는 감정 에너지를 그냥 흘러가게 내버려두라. 굳이 남탓을 하며 자신을 정당화할 필요도 없다. 그럼에도 우리는 실체 없는 감정에 석유를 끼얹어 활활 타오르게 만들고, 그 결과 더욱 격렬한 감정에 휩싸인다.

다시 한 번 말하지만, 이 과정 역시 장애가 아니다. 감정의 거친 속성을 관찰하고 이해하면, 자비심을 가지고 스스로와 친구가 될 수 있다. 나아가 모든 인간들, 살아 있는 모든 존재와 사귈 수도 있다. 인생의 근원적인 불확실성에서 비롯되는 불편함이나 괴로움에 직면하지 않으려고 스스로 어떤 미련한 짓을 되풀이하는지 알아차려라. 그때 자기 자신과 모든 사람들에 대해 진정한 자비심이 싹튼다. 우리가 그런 인식에 도달할 때 날아오는 화살은 모두 꽃으로 바뀐다. 문제투성이의 끔찍한 모든 괴물이 내 수행을 이끌어주는 스승임을 깨닫게 된다.

'염라 마구니'는 죽음에 대한 근원적인 공포에서 비롯된다. 물론 나머지 모든 마구니들 역시 죽음에 그 뿌리를 둔다. 하지만, 이 염라 마구니는 더 직접적으로 작용한다.

대부분 사람들이 생각하는 훌륭한 삶은 결국 '모든 것을 다 가진 것'을 말한다. 그래야 우리는 훌륭하다고 생각한다. 모든 것을 다 가지면 우리는 침착하고, 장점이 많으며, 화살이 자신을 겨눠도 좀처럼 균형을 잃지 않는다고 믿는다. 마음에 걸렸던 문제들도 모두 해소되고, 이것이야말로 '사는 맛'이라고 느낀다. 우리는 이런 생각의 틀을 벗어나지 못한다. 명상만 충분히 했다면, 조깅을 좀더 열심히 했다면, 음식을 잘 가려서 먹었다면, 모든 게 완벽해졌을 거라고 생각한다.

하지만 깨어 있는 사람의 관점에서, 그런 삶은 죽은 삶이다. 안전과 완벽을 추구하며, 확신과 온전함을 기쁘게 누리고, 자유롭고 편안한 삶을 누리는 삶은 일종의 죽음이다. 거기에는 신선한 공기가 없다. 뭔가 비집고 들어와 인생을 방해할 여지가 없다. 경험을 완벽하게 통제함으로서 '지금 이 순간'을 죽인다. 그런 삶은 실패를 자초하는 일이다. 언젠가는 자기 힘으로 통제할 수 없는 일을 겪기 때문이다. 가령 집에 불이 나면? 사랑하는 사람이 죽으면? 혹은 자신이 암에 걸렸다면? 길을 가는데 벽돌이 떨어져 머리를 맞거나 새로 산 하얀 드레스에다 토마토 주스를 쏟을 수도 있다. 이런 예는 수없이 많다.

삶의 본질은 멈추지 않고 늘 흘러간다는 데 있다. 달거나 쓰다. 때로는 온몸이 팽팽하게 긴장하다가도 사지가 축 늘어진다. 온갖 잔병치레에 시달리기도 하고 건강할 때도 있다. 모든 것이 흘러갈 뿐이다. 어떤 경험만 하겠다고 삶을 통제하는 것은 어리석은 억지에 불과하다. 이런저런 문제들을 완벽하게 차단해 궁극에서 모든 것을 다 이루겠다는 생각은 죽음으로 향하는 길이다. 그런 생각은 결과적으로 인생이 우리에게 제공하는 무한한 가능성과 생명력을 부정하는 일이기 때문이다. 거친 곳을 매끄럽게 다듬고, 불완전한 요소를 빈틈없이 고치겠다는 각오는 자비로운 자세가 아니다. 열린 마음으로 인생을 살아가는 것이 아니라 두려움으로 삶을 통제하려는 것에 불과하다.

그렇다면 온전한 인간과 온전한 삶 그리고 완벽한 깨어남은 어떤 것일까? 그것은 매 순간 안전한 둥지를 벗어나는 삶이다. 외로움과 불확실성이라는 무인도에서 살며, 매 순간을 완전한 생생함과 새로움으로 경험하라. 살아가는 것은 몇 번이고 죽고 또 죽는 것이다. 깨어 있는 관점에서는 그것이 진짜 삶이다. 반대로 죽음은 온갖 집착과 통제로 뒤범벅된 삶이다. 내가 가진 것에 집착하며 모든 경험을 자기가 굳건해지는 방향으로 통제하는 것이다. 그런 의미에서 '염라 마구니'를 "죽음에 대한 두려움"이라고 하는 말은 옳은 표현이 아니다. 오히려 진정한 삶에 대한 두려움이라고 말할 수 있다.

우리는 완벽함을 원하지만 스스로에게서 계속 불완전함을 발견한다. 여기서 달아날 여지나 탈출구, 피난처는 없다. 하지만 그때야말로 화살이 꽃으로 변하는 순간이다. 내가 보는 것에서 달아나지 말고, 내가 느끼는 것을 느낄 때 거기서 마음 깊이 자리한 근원적인 지혜와 연결된다.

사람들은 마구니들을 흔히 인생의 훼방꾼으로 여긴다. 하지만 그들의 방해가 없었다면 부처가 깨달음을 얻었을까. 그들을 통해 부처는 자신이 누구인지, 또 진실이 무엇인지 확인했다.

이 이야기는 우리에게 중요한 교훈을 준다. 즉 마음이 흘러가도록 내버려두고, 숨을 쉴 때마다 온전히 죽도록 내버려두는 것이야말로 우리가 온전히 깨어서 사는 법이다. 그때 우리는 쾌락을 추구하지도 않고, 고통을 피하지도 않으며, 삶이 무너질 때 자신을 다시 꾸미지 않으면서 충만하게 살 것이다. 감정이 일어날 때 뜨거우면 뜨거운 대로, 차가우면 또 그렇게 느끼도록 내버려 둘 뿐, 그것을 애써 차단하려고 자신을 장님이나 귀머거리로 만들지 않을 것이다. 또 인생을 완벽하게 통제하려는 생각을 버리고 매 순간 있는 그대로 충만하게 경험할 것이다.

도피는 인간으로서 온전하게 사는 방식이 아니다. 이는 삶의 무한한 가능성과 생명력을 부정한다는 점에서 삶보다 죽음을 원하는 자세다.

우리에게 화살이나 칼이 날아오거든 그것들의 본질을 열린 마음으로 살펴라. 아울러 자신이 그것들에 어떻게 반응하는지도 보라. 그러면 우리는 근원적인 지혜의 마음으로 언제든지 되돌아온다. 뭔가를 차단하고 통제하지 마라. 외부적인 뭔가가 우리를 공격한다는 이원적인 세계관도 버려라. 대신 우리가 지쳐 힘들 때 어떻게 마음을 닫는지, 그것을 알아차릴 기회로 삼아라. 그것이 바로 '열린 마음'으로 나아가는 비결이다. 우리 지성을 일깨우고, 부처의 본성을 만나는 비결이다.

진리가 무엇인지 철저히 밝히려면
정직하게 바라보는 것만으로는 충분치 않다.
자비와 존중으로 대해야 한다.

정직하고 또 자비로워라 <small>열둘</small>

내 방에는 '달마도'가 걸려 있다. 그림 속 달마대사는 살찐 몸집에 눈썹이 무성하고 얼굴은 험상궂다. 마치 소화불량에 걸린 듯한 표정이다. 그림 바로 옆에는 이런 글귀가 적혔다.

"마음을 바로 보라. 마음이 곧 부처다."

우리는 법문과 경전, 명상 등을 통해 다양한 수행을 한다. 그것들은 나 자신에 대한 공부로 귀결된다. 밥을 먹든 일을 하든 대화를 나누든 마찬가지다. 모두 자신을 공부하는 과정이다. 사실 필요한 모든 경전은 이미 우리 안에 있다. 그런데도 우리가 경전과 법문을 공부하는 이유는 다음과 같은 지혜를 얻기 위해서다.

첫째, 우리 스스로 어떻게 고통을 만드는가에 대한 지혜다. 둘째, 우리 마음이 얼마나 넓고 꾸밈이 없으며 기쁨으로 가득 차

있는가에 대한 지혜다. 그런데 여기서 알아야 할 깨우침이 있다. 이 두 지혜는 경전을 공부하거나 법문을 들어서는 도달할 수 없다. 우리가 직접 경험을 통해 알아내야 한다.

앞서 말한 달마대사는 6세기경 활동한 인도 출신의 승려다. 그는 인도의 선불교를 중국에 소개해 중국 선종禪宗의 시조가 됐다. 달마는 수행을 할 때 무서운 기세로 용맹정진했고, 타협은 일체 몰랐다. 참선 중 졸음이 와서 고개를 꾸벅거리자 아예 눈꺼풀을 잘랐다는 일화가 전해질 정도다. 전설에 따르면, 이때 달마대사가 잘라 낸 눈꺼풀을 땅바닥에 던졌는데 그것들이 자라 차나무가 되었다고 한다. 차의 대표적인 효능이 졸음을 막고, 정신의 각성을 돕는 것이니, 아주 엉뚱한 전설은 아닌 셈이다.

달마는 매 순간 불굴의 의지로 진리를 규명했고, 그 과정에서 누구의 말도 의지하지 않았다. 그가 이룬 깨달음은 이렇다.

"누구나 자신의 마음을 직접 보면 그 안에서 깨어 있는 부처를 만나고, 만물의 참모습을 투명하게 알아차린다."

어떤 상황에서도 자신을 잘 관찰하고 진리를 향해 굽히지 말고 나아가라. 마음이 컴컴하고 소름이 끼쳐도 좋다. 기쁨으로 벅차고 심장이 내려앉을 정도로 겁이 나도 상관없다. 마음의 갈피를 하나도 빼놓지 말고 정직하게 바라보라. 이것만으로 우리는 엄청난 힘을 얻는다. 명상이 바로 그 방법이다.

처음 불교에 입문했을 때, 그 속에 일방적인 가르침만이 아니라 그 가르침을 스스로 확인하는 다양한 기법이 있다는 것을 알고 마음이 놓였다. 첫날 내가 들은 가르침 역시 달마대사가 그랬듯 진리를 스스로 탐구하고 의심하고 규명해야 한다는 것이었다.

하지만 자기 마음을 정직하게 들여다보는 과정에서 특히 초심자는 자칫 낙담하고 우울하기 쉽다. 유머를 잃은 채 심각한 기분으로 내면 밑바닥에 존재하는 역겨운 불순물들을 낱낱이 확인하면 누구나 그런 기분이 든다. 자기 자신이 한낱 쓰레기처럼 느껴진다. 그런 식으로 명상을 하면 곧 죄의식과 괴로움, 불편함 등을 느끼면서 지치게 마련이다. 그러고 나서는 속을 털어놓을 만한 가까운 사람에게 이렇게 말한다.

"원래 이렇게 지루하고 재미없는 거야?"

자기 마음을 볼 때 꾸밈없이 정직하게 관찰하는 것과 더불어 중요한 원칙이 있다. 바로 자비심이다. 이것이 결여된다면 우리는 스스로를 비천하게 느낀다. 시간이 지나면 식초 한 사발을 들이킨 사람처럼 인상을 쓰는 자신을 발견할 것이다. 내면을 살피는 데만 열중해 삶 자체에 대한 무조건적인 만족이나 고마움을 잃어버렸기 때문이다. 자신의 불만에 압도됐거나 다른 사람의 개성을 있는 그대로 받아들여야 한다는 것에 질렸을지도 모른다. 때문에 자신을 볼 때 꾸밈없는 정직함과 함께 자비심이 필요하다.

자비는 마음 자체로 나타나거나 혹은 마음을 일깨우며 나타난다. 그것은 "너그러움"이나 "한없는 친근감"으로 불리기도 한다. 본질적으로 자비는 삶 전체가 균형을 이루는 현실적인 힘이다. 우리는 자비를 통해 무조건적인 기쁨에 닿는다. 세계적인 승려 틱낫한은 이런 말을 했다.

"고통을 받아들이는 것만으로는 충분하지 않다. 우리는 삶이 보여주는 경이로움도 받아들일 줄 알아야 한다."

수행에서는 절제가 중요하다. 자리에 앉아 참선을 할 때 우리는 기법을 충실히 따르며 가르친 대로 이행하려고 한다. 그런데 그 절제라는 범위 안에서 우리는 왜 그렇게 자신을 '가혹하게' 다루어야 할까? 그렇게까지 명상을 하는 이유는 무엇인가? '해야 하니까' 하는 것인가, 훌륭한 불자가 되기 위함인가? 스승을 기쁘게 하려고 아니면 지옥에 가지 않으려고 그런가?

명상 중 마음에서 일어나는 일을 관찰하면서 우리는 삶의 경험을 다루는 일종의 예행연습을 치른다. 그러므로 꾸밈없이 바라보는 동시에 자비심을 가져야 한다. 더불어 우리는 자기 마음을 바라보면서 죄의식이나 실망감을 갖는 대신 지혜를 밝히고 용기를 내야 한다. 그렇지 않으면 명상에서 자신이나 다른 사람을 깎아내리는 일 외에 남는 게 없다. 명상을 하면 할수록 자신이 눈에

차지도 마음에 들지도 않는다.

자비와 유머 없이 자신을 정직하게만 바라보면 그 자리엔 비판적인 냉혹함만 남는다. 진리가 무엇인지 철저하게 밝히려면 스스로를 자비심과 존중으로 대하라.

본질적으로 이런 이유도 있다. 우리가 자기 마음을 들여다보면서 혼란과 영광, 쓴맛과 단맛을 다 볼 때 우리가 발견하는 건 단지 나뿐만이 아니다. 온 우주를 발견한다. 내가 곧 부처임을 발견하며, 세상 모든 이와 존재가 곧 부처임을 깨닫는다. 만물이 한결같이 소중하고 완전하며 선하고, 또 모든 이가 그렇다는 것을 안다. 열린 마음과 유머를 가지고 자신의 생각과 감정을 다루면, 그것은 결국 세상과 온 우주를 인식하는 세계관이자 인생관으로 발전한다. 개인적 해탈뿐 아니라 자기가 사는 공동체와 나라, 나아가 온 세상과 은하계 그리고 자기가 원하는 대로 더 멀리까지 뭇 생명들을 돕는 법을 터득하게 된다.

그러면 흥미로운 변화가 자연스럽게 일어난다. 기꺼이 마음으로 마음을 보겠다는 용기가 자란다. 더불어 세상을 향해 마음을 활짝 여는 자신감이 생긴다. 여태 그럴 수 없었던 이유는 세상이 우리 내면을 혼란스럽게 만들까 두려웠고, 스스로 그것을 처리할 만한 자신이 없었기 때문이다. 자기 내면을 솔직하게 들여다보지 못하는 이유도 마찬가지다.

스스로를 자비롭고 솔직하게 바라보는 것만큼 세상을 향해서도 자비로우면서 솔직하게 마음의 문을 열어라. 그때부터 진정한 자비가 시작된다. 우리는 세상을 향해 나를 여는 체험을 통해 나와 남을 함께 돕는다. 남들과 열린 관계를 가질수록 우리 스스로 어떤 면이 자비롭지 못하고, 두렵고, 편협하고, 움츠러드는지 더 빨리 알아차린다. 이처럼 자신의 모습을 제대로 보는 일은 수행에 매우 효과적이지만 동시에 고통스럽다. 나만의 습관을 알기 위해 스스로에게 화살을 겨누기도 한다. 그러다보면 '나는 정직하지도 자비롭지도 못 해. 수행이고 뭐고 다 때려치워야지'라고 낙심할지도 모른다.

대상이 무엇이든 자비와 존중으로 대하라는 가르침을 잊지 마라. 그 원칙을 따른다면 거울에 비치는 창피한 내 모습을 사랑하게 된다. 그 모습을 인정하고 받아들임으로써 인생을 더 유연하고 용기 있게 살 것이다. 그때야말로 우리가 진정으로 성숙해지는 순간이다. 스스로에게 정직하고 자비롭지 않으면 우리는 늘 철부지 어린애 수준에 머무른다. 진정으로 자신을 이해하고 받아들이려고 노력할 때 비로소 오랜 세월 짊어졌던 '자만'이라는 짐을 내려놓을 수 있다. 그리고 그 자리에 존재의 실상을 알고자 하는 진정한 호기심이 자라게 된다.

비판하는 마음이 사라진 '열린 공간'에서만
자신이 느끼는 바를 있는 그대로 인식할 수 있다.

열섯

비 난 을 멈 춰 라

우리는 흔히 '자비'를 말할 때, 나보다 운이 나쁜 사람을 돕는다
는 의미로 사용한다. 즉 '나는 남보다 더 나은 기회, 더 좋은 교육,
더 건강한 몸을 갖췄다. 그래서 그런 혜택을 누리지 못한 불쌍한
사람들에게 자비를 베풀어야 한다'는 식이다. 하지만 자비를 실천
해 남을 돕다보면 자비행慈悲行이란 결국 남을 돕는 것만큼 나를
돕는 일임을 깨닫는다. 자비행은 가장 발전된 형태의 수행이다.
다른 사람과 관계를 맺는 것보다 더 나은 수행은 없기 때문이다.
또 자비심을 가지고 나누는 대화보다 더 발전된 수행도 없다.

하지만 우리가 진정으로 남을 자비롭게 대하기는 어렵다. 열린
마음으로 그들과 대화를 나누려면 우리가 먼저 스스로에게 마
음을 열어야 하기 때문이다. 이는 자기 자신의 느낌을 꾸밈없이

받아들이고 왜곡하거나 밀쳐내지 않는다는 의미다. 또 설령 마음에 안 드는 부분이 있더라도 자신의 모든 면을 차별 없이 받아들인다는 뜻이기도 하다. 이를 위해선 마음이 어디에도 얽매이지 않고 사방으로 열려야 한다.

불교에서는 '열린 마음'을 '공空(Emptiness)'이라고 부른다. 어디에도 매이거나 집착하지 않는 상태를 말한다. 어디에도 걸림이 없을 때 우리는 비로소 비판하는 마음에서 벗어날 수 있다. 비판하는 마음이 사라진 '열린 공간'에서만 자신의 느낌을 있는 그대로 인식한다. 또 자신의 사고방식에 얽매이지 않고 마음을 열어야 타인을 있는 그대로 보고 듣고 느끼며 진심으로 소통하게 된다.

나는 우연히 거리에서 노숙하는 노인과 대화를 나눈 적이 있다. 그는 4년 동안 길거리에서 살아왔다. 길을 지나는 사람들 중 그 누구도 노인을 쳐다보거나 말을 걸지 않았다. 누구는 푼돈을 던져줬지만 노인의 얼굴을 쳐다보며 인사를 하지는 않았다. 그 말을 하던 노인의 표정에서는 외로움과 소외감이 강하게 묻어났다. 타인에게는 자신이 전혀 존재하지 않는다고 느꼈던 것이다. 그날 노인은 내게 한 가지 사실을 일깨웠다. 바로 두려움이나 분노에 짓눌려 물러나지 않고, 상대 곁에 머무는 것이야말로 자비행의 본질이라는 깨달음이었다.

자비로워지라는 가르침은 정말 까다로운 주문이다. 중병에 걸린 환자, 학대당한 여성이나 아동 혹은 버려진 동물을 도운 경험이 있다면 알 것이다. 도움을 받는 상대가 나조차 해결 못 한 내 문제를 건드린다는 사실 말이다.

그저 남을 도우려고 했을 뿐인데 얼마 지나지 않아 상대는 다짜고짜 문을 열고 들어와 내가 가진 버튼을 죄다 눌러댄다. 당연히 상대가 싫어지고 무섭게 다가온다. 더 이상 그 사람을 제대로 다룰 수 없다는 기분이 들기도 한다. 우리가 진지하게 남을 도울 때 이는 피하기 힘든 진실이다. 도움을 주는 과정에서 해결하지 못한 내 문제들이 수면 위로 떠오르는 것이다. 나 자신을 똑바로 대면해야 하는 순간이 반드시 다가오게 마련이다.

버나드 글래스맨Bernard Glassman 선사(UCLA에서 응용수학 박사 학위를 받았고 미국 최대의 국방산업체 맥도널 더글러스사 중역을 지내다 선수행을 배운 후 자신의 직위와 명예를 버리고 불교에 귀의했다 – 옮긴이)는 미국 뉴욕 주 용커스 시에서 집 없는 이들을 위한 사업을 진행한다. 그는 내게 자신이 이런 일을 하는 진짜 이유는 남을 돕기 위해서가 아니라고 말했다. 그 말을 듣는 순간 나는 뭔가 정수리를 내려치는 것 같은 충격을 받았다. 그는 과거 자신이 거부했던 사회적인 영역 안으로 들어감으로써, 지난 날 새겨졌던 상처를 치료할 수 있어 그 일을 한다고 말했다.

독실한 수행자라면 으레 그런 생각을 한다. 하지만 직접 실천하기란 어려운 법이다. 자비를 실천하기가 까다로운 이유는 외부에 있는 존재를 거부하는 일이 내 안에 있는 스스로를 거부하는 일이기 때문이다. 마찬가지로 내면에서 스스로를 거부했기 때문에 우리는 외부적인 경험이나 존재를 있는 그대로 받아들이지 못하고 거부하게 된다.

이처럼 안과 밖은 하나다. 세상은 그렇게 맞물려 돌아간다. 자신에게 자비심을 갖지 못하는 사람이 타인에게 자비심을 가지기 힘들다. 그것은 위선이요 가식에 지나지 않는다. 결코 오래갈 수 없다. 마찬가지로 남을 싫어하고 타인에게 적대적인 사람이 제 자신만은 사랑하며 자비를 베풀기도 어렵다. 내게 먼저 자비를 베풀어야 남에게도 베풀 수 있다. 따라서 자신의 모든 영역, 즉 원치 않는 부분과 꼴도 보기 싫은 결점까지 너그럽게 받아들여라. 이것이 자비의 처음과 끝이다. 자비는 자기개발 프로젝트도, 우리가 구현해야 할 거창한 이상도 아니다. 그저 살아가는 방식이다.

불교의 여러 갈래 중에는 '대승불교'가 있다. '대승大乘'이란 '큰 바퀴'라는 뜻이며, 주요 가르침으로 공과 자비 그리고 우주만물에 불성이 있음을 제시한다. 대승불교의 법어 중에는 이런 말이 나온다.

"모든 것이 내 탓이다."

이 법어가 궁극적으로 말하고자 하는 가르침은 다음과 같다.

"우리가 고통스러운 까닭은 꼭 붙들고 집착하기 때문이다."

이 법어는 사람들이 흔히 오해하는 것처럼 '모든 것이 내 탓'이니, 나에게 매를 들라는 말이 아니다. 순교자처럼 고통의 십자가를 감내하라는 말도 아니다. 우리가 고통스러운 까닭은 자기만의 방식에만 집착하기 때문이다. 만약 거기서 벗어나 원치 않는 상황에 처했다면 남 탓만 늘어놓는다.

우리는 습관적으로 '남 탓'이라는 장벽을 세워서 타인과의 진정한 대화를 차단한다. 한술 더 떠 누구는 옳고 누구는 그르다는 자신만의 생각까지 덧붙여 그 장벽을 강화한다. 이런 종류의 장벽은 가장 가까운 가족뿐 아니라 직접 관련이 없는 유명 인사나 정치가들을 향하기도 한다. 우리는 어디서나 자기 마음에 거슬리는 부분을 찾아내고, 그것을 가지고 남 탓을 하며 벽을 세운다.

사실 '비난하기'는 미움을 달래는 데 매우 효과적이다. 또 오래됐고, 아주 보편적인 수단이다. 우리는 기분을 전환하고 달래기 위해 '비난하기'라는 도구를 사용한다. 우리 내면에 존재하는 그 부드럽고 열려 있는, 예민한 부분을 보호하는 수단으로도 이용한다. 고통을 내 것으로 받아들이는 대신, 발 디딜 안전한 땅을 찾아 발버둥치는 셈이다.

'모든 것이 내 탓'이라는 법어는 매우 흥미로운 가르침이다. 이를 잘 이해하고 따르면 만사를 내 멋대로 하려는 뿌리 깊은 습관을 바꿀 수 있다. 이를 위해선 남 탓을 하고 싶을 때 그 생각에 집착하면서, 어떤 느낌이 드는지 세심하게 관찰해야 한다. 그럴 때 어떤 감정이 드는지, 신체적인 느낌은 있는지, 거부할 때는 어떤지 말이다. 또 싫어서 밀어낼 때의 느낌과 정의감에 불타 분개할 때의 느낌도 알아보라.

우리 내면에는 부드러운 부분과 따스한 부분이 많다. 그 부분에 접속하는 것이 자비의 출발이다. 그것이 자비의 핵심이다. 비난하기를 멈출 때 내면에 열린 공간이 생기며, 거기서 자신의 부드럽고 따스한 측면이 발견된다. 이는 비난하면서 만들어진 '보호용 비늘' 밑의 거대한 상처 속으로 깊숙이 손을 뻗는 일이다.

자비나 공은 모든 경험을 열린 마음으로 받아들이는, 내면의 힘을 기르지 않는 한 공염불에 불과하다. 예컨대 우리가 분노를 느낄 때 보이는 반응은 대개 둘 중 하나다. 먼저 남 탓을 한다. 모든 책임을 다른 사람에게 떠넘긴다. 모든 게 내가 아닌 남 탓일 뿐이다. 다른 하나는 스스로 비난하기다. 죄의식에 휩싸여 나를 향해 분노와 원망을 터트린다. 이 두 가지는 무자비하고 폭력적이라는 점에서 별반 차이가 없다.

비난은 우리 자신을 강화하는 수단이다. 비난함으로써 대상을 향해 '틀렸다'고 손가락질할 뿐만 아니라 그것을 바로잡고 싶어 한다. 결혼 생활, 부모 노릇, 직장 생활, 인간관계 등 자신이 충실하고자 하는 모든 인생을, 처음보다 더 바로잡고 싶어 안달한다. 정도의 차이가 있을 뿐 우리 모두 불안하기 때문이다. 물론 우리는 그런 비난을 정당화하고 합리화하려는 노력을 게을리하지 않는다. 나를 제외한 모두가 이상하기 때문에 어쩔 수 없다고 말한다. 또는 어떤 독선적인 믿음을 붙잡고 맹렬히 매달리기도 한다. 우리는 어떻게든 만사를 내 기준에 맞춰 바로잡아야 직성이 풀린다. 그렇지 않으면 그것을 눈 밖으로 내동댕이치고 비난을 퍼붓는다. 스스로 낼 대안이라고는 그것뿐이라고 생각하기 때문이다. 모든 게 옳거나 그르다. 다른 대안은 없다.

모든 일은 '나'로부터 시작된다. 인생을 살면서 우리는 한순간도 빼놓지 않고 스스로를 옳거나 혹은 그르게 만든다. 우리는 자신이 늘 옳다고 생각한다. 그래야 기분이 좋다. 자기가 잘못됐다고 하면 기분이 나쁘다. 이처럼 우리는 편협하다. 진정으로 자비심을 가지려면 먼저 자신의 모든 면에 대해 더 너그러워져야 한다.

내가 옳다고 느낄 때 스스로를 관찰해보라. 그때는 기분이 좋다. 자기가 얼마나 옳은지 스스로 곱씹어가며 확인한다. 자기가 옳았음을 다른 사람에게 재차 확인하기도 한다. 하지만 누군가 내 생각에 동의하지 않으면? 금세 화가 치밀어 오르며, 몸이 긴장돼 굳어진다. 분노나 공격이 시작되는 바로 그 순간을 잘 살피면 모든 불화가 어떤 상태에서 시작된다는 것을 안다.

우리가 엄청난 사건이라고 생각하는 전쟁이나 인종 분쟁도 마찬가지다. 내가 옳은 것은 무척 당연하며 또 반드시 옳아야 한다. 반대로 누군가 내 의견에 동의하지 않으면 금세 평정을 잃고 혼자만의 정의감에 불타 분노한다. 우리는 자신이 옳거나 그르다고 느낄 때, 그 사실에 쉽게 집착한다. 결국 시시비비를 가리는 일이 마음의 문을 닫고, 내 세계를 옹졸하게 만든다. 그런데도 우리는 이런 일에 집착한다. 그것은 내 존재와 인간관계가 안정되기를, 지속되고 붙잡을 수 있기를 바라기 때문이다. 하지만 바로 그 어리석은 욕망이 우리가 진리에 도달하는 길을 막는다. 본질적으로 모든 것이 무상하다는 진리를.

다른 사람을 옳거나 그르게 만들지 마라. 내 안에 옳고 그름을 채우지도 마라. 대신 거기에서 벗어난 '중도의 길'을 따르라. 그 길은 무한한 생명력과 가능성을 가진 공간이다. 어느 한쪽으로도 치우침 없이 면도날 위에 고요히 앉은 사람이다.

중도는 자신의 견해에 극단적으로 집착하지 않는다는 의미이기도 하다. 중도에 머무를 줄 아는 자는 옳고 그르다고 말할 때, 자신의 견해가 스스로의 안전을 확보하기 위함은 아닌지 열린 마음으로 되돌아볼 줄 안다.

어떻게 하면 도량이 커져서 누가 옳고 그른지 확신하지 않는 공간에 머물까? 누군가와 함께 방에 들어가서 어떤 대화를 나눌지 모른 채, 아무런 속셈 없이 상대방을 옳게도 그르게도 만들지 않을까? 또 우리가 진실하게 있는 그대로 다른 사람을 보고 듣고 느끼는 방법은 뭘까?

이런 생각은 수행에 매우 효과적이다. 끊임없이 안전한 느낌을 얻기 위해, 자신이나 남을 옳고 그르게 만들려고 쉼 없이 달려드는 자신을 보기 때문이다.

상대가 누구든 모두에게 마음을 열어놓고, 아무도 적으로 만들지 마라. 이것은 대담하고도 진실한 행동이다. 머지않아 우리는 어떤 것도 완전히 옳게도, 그르게도 만들 수 없음을 알 것이다. 상황이란 그보다 더 변화무쌍하고, 파악하기 어려우며, 장난스럽게 작동하기 때문이다. 모든 게 다 애매모호하다. 모든 게 늘 움직이고 변화한다. 또한 상황에 연결된 사람의 수만큼 경우의 수도 많고, 관점도 다양하다. 절대적인 옳고 그름을 찾는 행위는 안전과 편안함을 느끼려는 우리 스스로의 속임수에 지나지 않는다.

이런 이유로 우리 모두는 삶의 밑바닥에 놓인 더 큰 문제와 대면한다. 어떻게 하면 무엇 하나라도 바꿀 수 있을까? 어떤 방식으로 우주에 만연한 이 공격성을 줄일 수 있을까? 이 물음에 답하려면 우리는 문제를 더 개인적인 차원으로 가져가야 한다.

나를 포함해 다른 많은 사람들을 아프게 하는 누군가와 편안하게 대화할 수 있는가? 어떻게 진정한 변화가 일어나는지 아는가? 어떤 식으로 대화를 해야 우리 모두 분노나 공격성을 키우지 않고 막힌 상황을 풀 수 있는가? 어떻게 마음의 문을 열고 모두가 공유하는 근원적인 지혜에 가 닿을 수 있는가? 적대감으로 꽁꽁 얼어붙은 상황을 누그러뜨리고, 자비로운 교류가 일어나게 하려면 어떻게 해야 하는가?

그 모든 것이 매사를 회피하지 않고 기꺼이 느끼고 받아들이는 태도로부터 시작된다. 그것이야말로 참다운 출발이다. 내 안의 부정적인 것, 존재할 가치조차 없다고 느껴지는 내면의 어떤 부분과 기꺼이 자비로운 관계를 맺는 데서부터 시작해야 한다. 명상으로 마음챙김을 하며, 안락한 삶만이 아니라 고통스러운 삶도 기꺼이 알아차리겠다고 결심하라. 깨어 있으려고 열렬히 갈구하며 무엇을 느끼든 열린 마음으로 대하라. 매 순간 최선을 다해 그 느낌을 인식하고 인정하라. 변화는 거기서 시작한다.

자비행이란 남을 위해 곁에 머물며 모든 갈등을 대화로 풀어나가는 것이다. 또 스스로를 옳고 그름으로 나눌 때 그것을 알아차리는 것부터 시작된다. 바로 그 순간, 옳고 그름이 아닌 훨씬 더 큰 대안이 존재한다는 사실을 떠올리게 된다. 훨씬 불안정하고 불확실한 곳에서도 얼마든지 머무를 수 있음을 명상하라. 우리가 그

'중도의 영역'에 손을 뻗어 닿기만 한다면, 평생 우리가 무엇을 느끼든 스스로 마음을 닫지 않고 더 활짝 열 것이다. 나아가 이전에는 구제불능이라고 여겼던 자신의 결점마저 축복할 것이다. 이를 통해 조금씩 변하면 내면의 어떤 것도 영원히 변할 수 있다. 해묵은 습관은 약해지고, 타인의 얼굴을 진정으로 바라보며, 사람들이 하는 말에 귀를 기울일 것이다.

다가오는 모든 대상을 자비로 대하면 자신을 보호하려고 만든 높은 장벽이 조금씩 무너진다. 또한 삶의 모든 영역이 유연하게 변화한다. 스스로에게 자비심을 발휘하라. 남을 대하는 자비의 파장도 점점 더 넓게 번져나간다. 우리가 누구와 무엇을 하든, 그 행위와는 상관없이 자신과 남을 돕게 된다.

모든 고통을 전부 받아들여라.
세상의 온갖 고통이 내 마음을
휩쓸고 지나가도록 내버려 두어라.
고통을 모두 자비심으로 바꿀 수 있다.

연민으로 고통을 마셔라

두 살배기 아이를 둔 아빠한테서 이런 경험담을 들었다. 어느 날 그는 우연히 TV에서 오클라호마 시티에서 발생했던 연방정부 청사 폭파 사건 뉴스를 봤다. 그 청사의 1층은 탁아소였고, 소방수들은 희생된 아기들의 시체를 옮겼다. 이제 간신히 걸음마를 시작했을 법한 유아들이었다. 그 광경을 지켜보며, 그는 생전 처음으로 묘한 슬픔에 빠졌다. 예전에는 다른 사람의 고통은 그저 그들만의 일이었는데, 아빠가 된 후 어느 순간부터 달라졌다는 것이다. 죽은 아이들이 모두 자기 자식 같았고, 그 부모들의 슬픔도 자신의 아픔처럼 생생하게 와닿았다고 했다.

이처럼 남의 고통을 내 것으로 여기는 마음, 괴로움을 겪는 대상을 멀찌감치 떨어져 지켜보기 힘든 연민을 보리심이라고 한다.

이 말은 산스크리트어 '보디시타bodhichitta'에서 유래했다. 여기서 '보디bodhi'란 '깨어 있는' '깨달은' '완전히 열린'이라는 뜻이며, '시타citta'는 '마음가짐'을 말한다. 즉, 보리심이란 '깨달은 마음' 또는 '완전히 열린 마음'에서 자연스럽게 우러나오는 자애다.

만물이 하나이며 모든 것에 불성이 있음을 알아차린 깨달은 마음은 저절로 뭇 생명을 향한 사랑을 표현한다. 겉으로만 보면 보리심과 자비심이 엇비슷해 보이지만 실은 상당한 차이가 있다. 이 보리심은 깨달음을 통해 새롭게 얻는 것은 아니다. 마치 우유에서 버터를 만들고, 참깨로 기름을 짜내듯 부드러운 측면은 모든 존재에 두루 깃들어 있다.

작가이자 명상가인 스티븐 레빈Stephen Levine의 책에는 이런 이야기가 나온다.

끔찍한 통증을 견디며 탄식 속에서 죽어가는 한 여자가 있었다. 그녀는 더 이상 고통과 원망을 견디기 힘들다고 느낀 바로 그 순간, 뜻밖에 다른 사람들의 고통을 체험하기 시작했다. 이디오피아에서 굶어 죽어가는 아이 엄마, 마약에 찌들어가는 십대 청소년, 산사태로 무너진 흙더미에 파묻혀 홀로 죽어가는 남자 등의 이야기가 예사롭게 들리지 않았다. 그것이 그들만의 고통이 아니라 모든 존재가 지닌 고통임을 이해하게 됐다. 나아가 그녀의 삶도 자기만의 것이 아니라 그저 삶 자체라는 걸 이해하게 됐다.

우리가 외부 공격에 완전히 노출돼 더 이상 자기를 보호할 수 없을 때, 존재 자체가 지닌 유약함을 받아들여야 할 때, 생명에 대한 연민인 보리심이 깨어난다. 16세기 티베트 불교의 스승 갈와 카르마파Gyalwa Karmapa는 이런 가르침을 남겼다.

"모든 고통을 전부 받아들여라. 세상의 온갖 고통이 내 마음을 휩쓸고 지나가도록 내버려두어라. 그러면 그 고통을 모두 자비심으로 바꿀 수 있다."

오직 보리심만이 고난을 치유한다. 내게 힘이 됐던 모든 것이 사라지고 결국 포기해야 할 순간, 고통 그 자체에서 연민이 우러나 우리는 치유된다. 이때야말로 진정한 보리심이 나온다. 외로움과 두려움의 한가운데에서, 오해받고 거부당한 상실감의 한가운데에서 우리는 만물의 심장박동을 들으며 슬픔의 본질과 마주하게 된다.

보리심은 백만 년간 땅에 파묻혀도 빛이 바래거나 훼손되지 않는 다이아몬드 같다. 이 고귀한 마음은 내가 아무리 욕을 하고 고함을 질러도 흔들리지 않는다. 다이아몬드가 그렇듯 그 모습 그대로 존재하며, 아무 일 없다는 듯 찬란하게 빛난다. 내가 아무리 무자비하고, 이기적이고, 탐욕스러워도 마찬가지다. 진정한 보리심은 결코 잃어버리거나 훼손당하지 않는다. 그것은 살아 있는 뭇 생명 속에 두루 존재하며, 아무리 시간이 흘러도 티끌만큼도

훼손되지 않는다.

우리는 고통에서 스스로를 보호하는 일이 자신에 대한 사랑이라고 생각한다. 하지만 그럴수록 외부에 대한 두려움은 커지고, 그런 행위가 습관으로 굳어지며, 결과적으로 더욱 소외될 뿐이다. 전체로부터 떨어져 홀로 남게 된다. 이는 자신을 감옥에 가두는 일이다. 그 감옥은 우리의 개인적인 희망과 두려움, 가장 가까운 사람이 갇힌 그런 곳이다.

우리가 고통이나 불쾌감을 피해 보호막을 칠수록 역설적으로 자신을 더욱 고통으로 몰아가게 된다. 반면, 무엇이든 마음을 담지 않고 '상처를 받아도 상관없어'라고 내버려두면, 오히려 만물이 하나이며 어떤 두려움도 없음을 차츰 알아차린다.

달라이 라마는 이기적인 사람을 '지혜롭지 못하게 이기적인 사람'과 '지혜롭게 이기적인 사람', 두 부류로 나누었다. 전자는 자기만 위하려고 하다가 혼란과 고통에 빠진다. 후자는 스스로를 위하는 최선의 행위가 남 옆에 머무르는 것임을 알아차리고 그렇게 행동하고 기뻐한다.

만약 거리에서 아이를 데리고 구걸하는 여자, 겁에 질린 개를 무자비하게 때리는 사람, 참혹하게 얻어맞는 십대 등의 눈에서 두려움을 발견했다면 어떻게 해야 할까? 아마 대부분 차마 볼 수 없어 등을 돌릴 것이다. 그렇다면 이렇게 해보라. 느낌을 외면하지 말고, 슬픔에 부끄러워 말고, 고통에 두려워하지 마라. 지금의 경험이 우리 영혼의 약한 지점을 깨어나게 하고, 이를 통해 삶이 바뀐다고 스스로를 격려하라.

통렌Tonglen, 티베트어로 '주고받기'라는 뜻을 가진 명상이 있다. 이 명상은 우리의 보리심을 일깨우기 위해 만들어졌다. 이 명상으로 우리는 내면의 고귀한 마음과 만나게 된다. 통렌 명상은 고통을 받아들이고 기쁨을 내보냄으로써, 우리에게 굳어진 습관을 반대로 뒤집어보게 한다. 또한 공간을 만드는 이 명상은 우리 인생의 막힌 곳을 탁 트이게 함으로써 사람들을 자유롭게 쉬게 한다.

　그 기법을 간단히 소개하면 이렇다. 통렌 명상은 고통이 어떤 형태로 들이닥쳐도 그것을 들이마신다. 이와 함께 모든 사람이 고통에서 벗어나기를 기원한다. 반대로 행복이 어떤 모습으로 와도 숨을 내쉬면서 행복을 내보낸다. 모든 사람이 행복하기를 기원한다. 몸 안에 나쁜 기운 대신 좋은 기운을 담는 명상과는 반대다. 남의 괴로움은 내가 맡고 내 안의 행복은 남에게 주는 것이다. 이 명상을 하면 삶의 무게가 한결 가벼워지고 마음이 후련해진다. 통렌 명상은 우리가 아무런 조건 없이 사랑하는 법을 일깨운다.

　내가 아는 한 부부는 20년 넘게 죄수들을 돕고 있다. 이들 부부는 죄수들에게 명상을 가르치고, 강연을 하며, 책이나 소식지를 보내는 등 꾸준히 영적이고 현실적인 도움의 손길을 건넨다. 두 사람의 우편함에는 날마다 교도소에서 보내온 편지가 한 가득이다. 매일 편지를 읽고 가능한 한 많은 답장을 쓰는 것이 부부의 중요한 일과다. 때로 부부는 편지에 적힌 죄수의 고통이 절절하게 다가와 고통에 휩쓸리기도 한다. 그때 그들은 편지에 쓰인 모든 고통을 들이마시고, 편안함을 내보낸다. 통렌 명상이라는 말을 들어본 적조차 없는 그들이 자기도 모르게 이런 행동을 한다니 신기하지 않은가!

에이즈로 시한부 인생을 사는 환자들 중에도 통렌 명상을 하는 이들이 많다. 그들은 자신과 같은 처지에 놓인 사람들을 위해 숨을 들이마시면서 고통도 함께 들이마신다. 그들은 에이즈로 고통을 겪는 남자와 여자, 어린이 등 수백만 명의 고통을 들이마신다. 그리고 숨을 내쉬면서 평안과 자애를 내보낸다. 한번은 그들 중 한 환자가 내게 이런 말을 털어놓았다.

"통렌 명상을 하며 고통을 들이마신다고 해서 아프거나 고통스럽지 않아요. 오히려 내 고통이 헛되지 않고, 나는 혼자가 아니며 세상에 필요한 사람이라고 느껴요. 이 수행이 나를 가치 있는 존재로 만들어요."

우리는 고통을 당하지 않으려고 자기 자신을 보호하지만, 이는 스스로를 감옥에 가두는 어리석은 일이다. 두려움이나 방어라는 습관 속에 머물 때, 우리는 가능한 한 모든 수단을 동원해 위협에 저항한다. 자신에 대해 긍정적인 이미지를 연장하려고 안간힘을 쓰며, 자신의 인생이 잡지 화보 같기를 소망한다. 박제화된 멋진 인생을 갈망하는 것이다.

하지만 우리가 고통을 기꺼이 들이마실 때 감옥은 사라진다. 자신을 외부로부터 지키는 경계심도 누그러진다. 나아가 그 단단하고 두꺼운 벽이 금세 허물어질지 모르는 허약한 벽이었음을 깨닫는다. 숨을 깊이 들이마실수록 우리를 보호하는 장벽이 무너지고, 훨씬 깊은 차원까지 도달한다. 더불어 세상 만물을 향한 자비와 연민이 일어난다. 적어도 치과 의자에 앉은 것처럼 온몸을 긴장하며 살 필요는 없다.

평안과 자애의 숨을 내쉴 때도 우리를 에워싼 높다란 장벽은 무너져 내린다. 날숨은 우리 존재를 세상을 향해 송두리째 여는 것을 상징한다. 뭔가 귀중한 것을 가졌다면 꽉 움켜쥐고 집착하지 말고 손을 활짝 펴서 남들과 나누라. 모두 줘버릴 수 있어야 한다. 그 자체로 우리는 신비로운 인간 체험의 보고이며, 그것을 남들과 나누어야 한다.

통렌 명상 중 이런 일이 있었다. 한 남자가 아기였을 때 성적 학대를 받았던 기억을 떠올렸다. 그는 자기도 모르게 겁에 질리고 무기력했던 그 시절의 고통을 들이마셨다. 그 다음에는 온 세상 아기들의 고통을 대신해 들이마셨다. 무시당하고, 학대받고, 질병으로 신음하고, 전쟁으로 간신히 목숨만 부지한 아이들이었다. 그 보리심이 어디서 왔는지 그는 알지 못했다. 하지만 그는 보리심을 발견했다.

깨달은 마음은 언제나 그렇게 나타난다. 그 마음을 위해 만반의 준비를 갖추고 힘겹게 투쟁할 필요는 없다. 전략조차 세우지 못하고 어느 길로 접어들어야 좋을지 알 수 없는 순간, 아무것도 없이 허허로운 순간, 보리심은 언제나 그 자리에 있었다는 듯 모습을 드러낸다. 그것은 불교에서 '공'이라고 부르는 '근원적 열림'의 모습이다. 연민과 자비, 따스함이기도 하다. 공격받을지 모른다는 생각에 주위를 경계하면 보리심을 차단하는 것이다. 이것과 저것 사이의 긴장, 나와 남 사이의 대결 등 모두 내려놓을 때 그 빈 들판에 보리심이 일어난다.

상대적인 차원에서 우리는 보리심을 모든 존재와 본질적으로 하나라는 감각으로 체험한다. 절대적인 차원에서 우리는 무상이나 열린 공간으로 경험한다. 보리심에는 우리가 의지할 곳이 없다. 우리의 관념이나 이상은 모두 무너져내린다. '좋은 사람'을 찾거나 믿고 의지할 곳을 계획한다고 보리심을 얻는 것도 아니다.

그러기에 보리심은 훨씬 모호하다.

보리심을 이용해 자신의 어떤 면을 없애거나 새로 만들기도 어렵다. 그것은 '고통이 없다'는 추상적인 개념으로 축소할 수 없다. "아무것도 일어나지 않으며, 아무것도 행해지지 않는다"는 말로 모든 것을 떨쳐버릴 수도 없다. 보리심이 가진 상대적이고 절대적인 차원은 한데 어우러져 우리를 영원한 사랑으로 이끈다. 자비와 공은 영원한 사랑의 특성이다.

보리심의 포근함은 고향에 돌아온 듯한 기분을 연상시킨다. 오랜 세월 동안 기억을 잃었다가 순식간에 깨어나 내가 누구인지 알아차리는 것과 같다. 페르시아의 신비주의 시인 잘랄루딘 루미 Jalauddin Rumi가 어둠을 피해 달아나지 않고 어둠을 찾아 방랑하는 밤의 여행자에 대해 쓴 작품이 있다. 그 여행자야말로 자신이 무엇을 두려워하는지 기꺼이 탐구하고자 하는 수행자다. 우리도 그래야 한다. 채용 면접의 두려움, 전쟁이나 편견 혹은 증오에서 오는 정체불명의 두려움, 미망인의 막막한 두려움, 학대받은 아이의 두려움 등 어떤 두려움이든 밤의 여행자들은 고통의 극한에서 솟아나는 연민으로부터 '보리심의 빛'을 발견한다.

보리심은 안경을 닦거나 머리를 빗을 때처럼 뭔가를 잘 다루는 순간에도 존재한다. 아울러 푸른 하늘을 바라보거나 잠시 일손을 멈추고 빗소리에 귀를 기울일 때처럼 감상할 때도 존재한다. 누군가 친절하게 대했던 기억을 떠올리거나 다른 사람의 용기를 알아줄 때도 보리심은 살아 있다. 보리심은 음악, 춤, 미술, 시에도 존재한다. 자신을 향한 집착을 내려놓고 주변을 돌아볼 때, 슬픔이나 기쁨과 마주할 때, 원망과 불편을 멈출 때 보리심을 만난다.

깨달음을 향한 구도의 길은 흔히 산 정상으로 향하는 여정에 비유된다. 집착과 세속적인 면을 뒤로 하고 뚜벅뚜벅 천천히 산의 정상에 올라보라. 정상에 도달하면 세속의 온갖 고통을 초월하게 된다. 그런데 여기서 딱 하나 마음에 걸리는 게 있다. 바로 다른 사람들을 모두 두고 간다는 점이다. 술주정뱅이 동생, 정신분열증에 걸린 누나, 학대당하는 동물 등은 뒤에 남았다. 우리가 개인적으로는 해탈하더라도 이들은 구원받지 못한 채 고통을 이어간다.

사실 보리심을 찾는 과정은 위가 아니라 아래로 내려가는 여정이다. 하늘을 향해 솟아오른 산이 아니라 지구 중심으로 솟아오른 산의 정상을 향해 간다. 모든 생명의 고통을 초월하는 대신에 격변과 의심의 소용돌이 속으로 내려간다. 우리는 때로는 온몸을 던지고 뛰어들며, 때로는 미끄러져서 내려간다. 때로는 뒤꿈치를 살며시 들고 까치발로 걷는다.

어쨌든 무슨 수를 쓰든 우리는 그곳으로 나간다. 실체와 불안과 고통이라는 이름의 불확실성을 탐구한다. 몇 년 혹은 한평생이 걸려도, 그렇게 하도록 자신을 내버려둔다. 우리는 속도를 유지하며, 서두르거나 조바심을 내지도 않으며, 아래로, 아래로, 아래로, 계속 내려간다. 어느덧 두려움에서 깨어난 수백만 명의 도반들이 나와 함께한다. 맨 밑바닥까지 내려가면 우리는 청정한 물, 보리심이라는 치유의 물을 발견하게 된다. 온갖 만물들이 켜켜이 쌓인 그 밑바닥까지 헤집고 내려가 비로소 우리는 영원히 다하지 않는 사랑을 발견할 것이다.

고통과 괴로움을 받아들이고,
위로와 평안을 내보내라.

자애로 행복을 내보내라

남에게 자비로우려면 먼저 자기 자신에게 자비로워져야 한다. 이 말을 좀 더 구체적으로 옮겨보자.

우리가 두려워하고 분노하며 질투하는 자들, 모든 종류의 중독에서 벗어나지 못하는 자들, 오만하며 자책하고 이기적이며 냉혹한 자들을 이해하고 자비심을 베풀려면, 그들이 가진 속성이 나와 같더라도 역겨워 하거나 비난하지 말고 그것을 정직하게 바라보고 자비로 대해야 한다. 실감이 좀 나는가?

이를 위해선 본질적으로 고통에 대한 내 관점부터 달라져야 한다. 고통을 가로막거나 거기서 피하지 말고 오히려 마음을 활짝 열어 고통을 너그럽게 허용하라. 자신이 더욱 부드러워지고 순수해질 것이다. 우리의 사랑은 더 깊어지고 친절해질 것이다.

앞서 말한 통렌 명상은 고통과 직접 대면하게 한다. 이 수행은 고통에 대한 두려움을 극복해 겁에 질려 굳은 마음을 부드럽게 풀어준다. 또 누구나 간직하고 있는 근원적인 자비를 일깨운다. 겉보기에 아무리 잔인하고 냉혹한 사람이라고 할지라도.

이 명상은 타인의 고통을 들이마셔, 그들이 더 평안해지고 느긋해지며 마음을 열도록 한다. 내쉬는 숨을 통해 그들에게 위로가 되고, 여유를 주며, 그들을 행복으로 이끈다.

그런데 도저히 통렌 명상을 하기 힘든 경우도 있다. 괴로움이나 두려움, 거부감, 분노 등이 엄청날 때다. 그럴 때는 초점을 조금 바꾸어서 시도해보라. 지금 이 순간, 나와 똑같이 괴로움과 두려움을 느끼는 수백만 명의 사람들이 있음을 명상해보라. 그리고 당신이 겪는 고통에, 혐오감, 분노, 복수심, 부끄러움 등으로 이름을 붙여라.

자신의 감정을 뭐라고 딱 잘라 말하기 어려울 때도 있다. 그래도 뭔가를 느끼는 것만큼은 틀림없다. '가슴이 답답하다' '장이 꼬인다' '눈앞이 캄캄하고 손끝에 아무런 힘이 없다'와 같은 기분을 느낀다. 이름을 붙이든 말든 그 느낌을 피하지 말고 관찰하라. 그리고 지금 이 순간, 똑같은 괴로움을 느끼는 모든 사람들을 위해 숨을 들이쉬면서 부정적인 것들을 통째로 들이마셔라. 다시 숨을 내쉬면서 모든 사람들을 향해 위로와 평안을 내보내라.

통렌 명상은 평소 우리가 생각하는 방식과는 완전히 정반대다. 실제로 그렇다. 이 수행은 만사가 자기 방식대로 이루어지기를 바라는 것과는 반대로 진행된다. 여기서 '자기 방식'이란 다른 사람은 어떻게 되든 상관없이 매사가 나에게만 유리하게 전개되는 방식이다. 그것은 우리가 스스로를 보호하려고 세운 장벽이다. 통렌 명상은 그 장벽을 허물어뜨리는 기법이다. 그것은 내가 겹겹이 세워놓은 자기 보호용 장벽들을 하나하나 허물어뜨린다.

또 이 명상은 고통을 피하고 행복을 좇는다는 상식적인 논리를 완전히 뒤집는다. 그 결과, 우리는 이기심이라는 아주 오래된 습관적 틀에서 해방된다. 나 자신에 대한 사랑과 남에 대한 사랑을 함께 느낀다. 또한 나 자신과 더불어 타인을 함께 돌본다.

통렌 명상은 우리가 원래 간직하고 있던 자비심을 일깨우고, 실체를 더 잘 보도록 시야를 크게 터준다. 한계가 없는 공의 마음자리로 이끈다. 우리는 이 수행에서 만사가 생각하는 것처럼 엄청난 게 아님을 먼저 알아차린다. 또 전에는 확고해 보였던 것도 더 이상 그렇게 여기지 않는다. 나아가 존재의 열린 차원과 연결된다.

우리는 병들거나 죽어가는 사람, 또는 이미 죽은 사람을 비롯해 갖가지 고통에 시달리는 모든 사람들을 위해 이 명상을 할 수 있다. 제대로 형식을 갖춰도 되고, 언제 어디서나 시간 나는 대로 즉석에서 해도 좋다. 이를테면 길을 가다가 괴로운 표정을 짓고 있는 사람을 본다면, 바로 그 자리에서 그 사람의 고통을 들이마시고 위로를 내쉬면 된다.

막상 하려면 거부감이 들 수도 있다. 괴로워하는 사람을 보고, 내 안에 가라앉아 있던 분노와 두려움, 거부감, 혼란스러움 등이 일제히 수면 위로 떠오르는 기분이 들기도 한다. 그렇다면 초점을 조금 바꾸어 나와 같은 처지에 있는 모든 사람들을 위해 통렌 명상을 하라. 자비를 베풀고 싶지만 감히 나서지 못하고 주저하는 사람들, 용감해지고 싶었지만 겁쟁이가 된 사람들을 위해 통렌 명상을 하라. 자신을 질책하지 말고, 그 막막한 심정을 디딤돌로 삼아 비슷한 처지에서 살아가는 모든 이들을 이해하고 사랑하라. 우리 모두를 위해 들이마시고 우리 모두를 위해 내쉬어라. 괴로움이라는 입구를 통해서도 모든 존재를 향한 자비의 길은 열린다.

즉석에서 통렌 명상을 시도할 때는 숨을 들이쉬면서 고통을 받아들이고, 내쉬면서 평온과 위로를 내보내면 된다. 제대로 형식을 갖추어서 통렌 명상을 할 때는, 다음의 네 단계를 따라서 해보라.

1. 먼저, 마음을 열고 고요함 속에서 잠시 쉬어라. 전통적인 가르침에서는 이 단계를 "절대적인 보리심이 번뜩이는 단계" 혹은 "광활하고 청정한 마음 바탕을 향해 자신을 완전히 열어젖히는 단계"라고 부른다.

2. 두 번째는 느낌에 집중하는 단계다. 어둡고, 뜨거우며, 무겁게! 마치 폐소공포증에 걸린 듯한 느낌으로 숨을 들이쉬라. 그런 다음에는 밝고, 차가우며, 가볍게 숨을 내쉬라. 온몸의 모공을 통해 숨을 끝까지 들이쉬고 또 그렇게 숨을 끝까지 내쉬라. 숨을 완전히 바깥으로 내보내는 것을 잊지 마라. 들숨과 날숨에 마음이 온전히 집중할 때까지 계속하라.

3. 세 번째는 개인적인 상황에 집중하는 단계다. 당신이 실제로 직면한 고통스러운 상황에 마음을 집중하라. 사실 통렌 명상을 처음 소개할 때는 전통적인 가르침에 충실해, 자신이 돕고자 하는 사람을 위한 명상에만 초점을 맞추었다. 하지만 이미 설명한 것처럼, 자신이 어딘가에 의식이 고착되어 있을 때는 구태여 그렇게 하지 않아도 된다. 자기가 느끼는 고통에 집중하는 한편, 자신과 비슷한 처지에 놓인 사람들을 위해 명상하면 족하다. 예를 들어, 자신이 보잘것없다는 생각으로 괴롭다면, 자신과 비슷한 기분으로 괴로워하는 다른 사람들을 위해 숨을 들이마시고

고통을 들이마셔라. 그런 다음 숨을 내쉬면서 자신감과 능력 등 그들에게 도움이 될 만한 모든 것을 내보내라.

4. 네 번째는 들숨과 날숨을 점점 더 크게 확장하는 단계다. 만약 사랑하는 몇몇 사람들을 위해 통렌 명상을 한다면, 그 범위를 확대해 그들과 비슷한 괴로움을 겪는 다른 사람들을 위해서도 그렇게 하라. 만약 텔레비전이나 거리에서 본 누군가를 위해 통렌 명상을 한다면 마찬가지로 그와 비슷한 괴로움을 겪는 다른 사람들을 위해서도 그렇게 하라. 단지 한 사람만을 위해서가 아니라 더 많은 사람들을 위해서 통렌 명상을 해보라.

만약 당신이 분노와 공포에 사로잡힌 모든 사람들을 위해 통렌 명상을 한다면, 범위가 아주 넓어질 것이다. 하지만 물리적인 숫자를 키우는 것만 범위를 확장하는 게 아니다. 적이라고 생각해 미워했던 사람들이나 남들을 해치는 못된 악한들을 위해서도 통렌 명상을 해보라. 그들 역시 우리와 마찬가지로 혼란스러움과 막막함 속에서 살아간다. 그들을 위해 고통을 들이쉬고 위로를 내보내라.

통렌 명상의 범위는 무한대로 확장할 수 있다. 수행을 하다 보면 차츰 일상생활 속에서도 자연스럽게 통렌 명상을 시도하게 된다.

이전에는 불가능했던 상황에서도 다른 사람들을 위할 줄 아는 자신을 발견하고 놀랄 것이다. 또한 수행이 차곡차곡 쌓이면서 우리의 자비심도 확장되며, 세상에 고정된 실체가 있을 거라는 착각을 내려놓게 된다.

평화의 기본은
이원적인 대립에서 벗어나는 것이다.

평화로 나아가라

'평화의 기술'을 가르치는 곳, 이를테면 구도의 전사들을 위한 신병 훈련소 같은 곳이 있다면 어떨까? 그런 곳이라면 적을 물리치기 위한 싸움의 기술 대신 전쟁의 원인을 물리치는 훈련에 더 많은 시간을 보낼 것이다. 그 곳은 아마 "평화의 봉사자를 위한 수련장" 혹은 "보살 수련장"으로 불러야 하지 않을까. 여기서 '보살 菩薩(Bodhisattva)'이란 자비의 길에 자기 생애를 바친 사람들이다. 아마 이런 수련장은 넬슨 만델라, 테레사 수녀 혹은 달라이 라마가 운영할지 모른다. 그런 유명인사가 아니라도 한평생 남몰래 타인이 고통에서 벗어나도록 노력해온 이가 맡아도 좋다.

그렇다면 이 수련장에선 어떤 과목을 배워야 할까? 앞서 말한 통렌 명상을 비롯해 다양한 수련이 있지만 그 중 꼭 포함되어야 할 게 바로 '육바라밀六波羅蜜(Six Paramitas)'이다. 이는 평화의 봉사자라면 당연히 실천해야 할 여섯 가지 행동 지침이다.

육바라밀에서 '바라밀(Paramitas)'이란 '열반 즉, 피안彼岸으로 건너감'을 의미한다. 다시 말해 육바라밀이란 우리를 피안으로 인도하는 여섯 가지 행위다. 우리는 육바라밀이라는 뗏목에 의지해 '윤회의 강'을 건너 피안에 도달한다. '바라밀'이라는 말에는 '초월적인 활동'이라는 의미가 있다. 도덕과 부도덕에 대한 관습적 경계를 초월하는 것을 여섯 가지 행위의 기본 개념으로 삼는다. 이런 육바라밀이라는 훈련을 통해 이원론적인 관념의 한계를 넘어 걸림 없이 유연한 마음자리로 나아간다. 이원론적인 대립에서 벗어나는 것이야말로 평화의 기본 조건이기 때문이다.

이 수련의 주된 과제는 '도덕적이어야 한다'는 세간의 통념을 깨는 것이다. 무엇이 윤리적이고 비윤리적인지 또는 무엇이 유용하고 무용한지 사람마다 기준은 제각각이다. 그것이 필연적으로 분쟁을 일으킨다. 따라서 획일적인 도덕률에서 벗어나는 대신 수행이 가장 깊은 이가 '융통성과 유머 감각을 개발하는 강좌'를 개설해야 한다.

초감 트룽파 역시 그런 강의를 했다. 그는 제자들에게 어떤 경전을 외우라고 하더니 몇 달 후 그것을 간신히 외울 때쯤 그 내용을 통째로 바꿔버렸다. 그 뿐만이 아니었다. 한번은 특정 불교 의식을 세세히 가르치고 한 치의 흐트러짐 없이 따르도록 했다. 그런데 제자들이 열심히 연습해 실수 없이 따라 할 만하자 트룽파는 그것 역시 바꾸어버렸다. 상황이 이러니 제자들의 모든 노력은 수포로 돌아가기 일쑤였다.

몇 년간 이런 수련을 하자 제자들은 자기가 붙잡고 있던 것들로부터 평안해졌다. 오늘 받은 가르침이 모든 것을 오른쪽에 두는 거면 그대로 따르면 그만이었다. 내일 받을 가르침이 모든 것을 왼쪽에 두는 거면 또 최선을 다해 따르면 그만이다. 옳은 방식이라는 게 세상에 존재한다는 생각은 안개 속으로 사라져버렸다.

일반적인 명상과 통렌 명상은 모두 고정관념을 버리고 융통성을 키운다는 점에서 충분히 검증된 수행법이다. 육바라밀은 이 두 수행법이 우리의 모든 일상에 녹아들도록 하는 일종의 보완책이다. 즉 육바라밀은 우리의 일상적인 행위를 모두 '평화의 기술'로 바꾸는 훌륭한 수단이다.

이 육바라밀이 일상적인 행위와 다른 까닭은 '반야般若의 지혜'에 바탕을 두기 때문이다. 반야의 지혜란 인간이 진실한 생명을 깨달았을 때 발현되는 근원적인 지혜다. 이 지혜는 의지할 곳을 확보하기 위해 어떤 견해를 움켜쥐려는 습관을 꿰뚫어봄으로써 그것을 소멸하며, 자기만이 옳다고 우기는 어리석은 마음에 빠지지 않도록 우리를 보호해준다.

하지만 평화의 기술을 수련한다고 해서 그 거룩한 의도만큼 모든 일이 잘될 거라고 기대해선 안 된다. 세상이 무상한 것처럼 여기에도 무슨 보장 따위는 없다. 어떤 결실을 얻으리라는 희망도 전혀 없다. 대신 기쁨과 슬픔, 웃음과 울음, 희망과 두려움, 산 것과 죽은 것 등을 더 깊이 헤아리게 될 것이다. 나아가 진정한 치유는 감사와 연민에서 비롯된다는 사실을 배운다. 그렇다고 해서 나는 내버려둔 채 세상을 위해 남 좋은 일만 하라는 말이 아니다. 평화의 기술은 세상을 구하는 것과 다르다. 이는 남들은 어떻게 지내는지, 우리의 행위가 다른 사람들에게 어떤 영향을 미치는지 곰곰이 생각해보는 것이다.

여기서 육바라밀을 구성하는 여섯 가지 행위를 살펴보자.

육바라밀은 보시(너그러움), 지계(절제), 인욕(인내), 정진(수행), 선정(명상), 반야다. 그런데 앞에 열거한 다섯 가지 바라밀은, 여섯 번째 바라밀인 반야바라밀과 불가분의 관계다. 반야바라밀은 우리가 하는 어떠한 행위도 안전을 구하는 수단으로 사용할 수 없게 만든다. 그것은 자기 영역을 보호하려는 데서 비롯되는 끊임없는 고통을 잘라내는 지혜다.

보시, 지계, 인욕, 정진 같은 용어를 들으면 딱딱한 기분이 들지도 모르겠다. 이것은 해야 하고, 저것은 하면 안 된다는 식의 갑갑한 규칙들을 대하는 기분이라고나 할까. 누구는 이 말에서 도덕주의자의 설교나 학교의 교칙 따위를 연상하기도 한다. 하지만 이 육바라밀은 자신을 어떤 틀에 집어넣기 위한 훈육이 아니다. 어떤 완벽한 이상을 성취하는 도구도 아니다. 만약 그런 것이라면, 우리는 시작하기도 전에 낭패감이 들 수밖에 없다. 육바라밀은 돌에 새겨진 계명이 아니라 탐구를 향한 여정이다. 좀더 자세히 들여다보자.

육바라밀의 첫 번째는 '보시바라밀'이다. 이것은 우리가 세상에서 베푸는 방법을 배우는 여정이다. 자신이 무가치하거나 쓸모없게 느껴질 때, 우리는 그것을 그대로 가슴에 담아둔다. 들여다보기가 두렵기 때문이다. 뭔가를 잃게 될까봐 두렵고, 지금보다 더 궁색해질까봐 두렵다. 이런 소심함은 슬픈 일이다. 그 소심함을 깊이 파고들어 탐구해보면, 자신이 늘 두려움에 떨고 집착하며 뭔가에 매달려 살아간다는 사실을 깨닫게 된다. 이렇게 집착하기 때문에 우리는 더 고통스럽다. 우리는 늘 편안함을 추구하지만 그런 바람이 남기는 실제적인 결과는 기대와는 정반대다. 죄의식과 원망, 자신이 무가치하다는 자기혐오만 강화될 뿐이다.

  무엇에 집착하고 있는지 근원적으로 파고들어가 보라. 그러면 우리가 무의식적으로 갖는 두려움이나 적개심의 원인도 저절로 사라질 것이다. 보시의 기본 개념도 여기서 출발한다. 마음을 크게 먹고, 나만을 위해 삶을 설계하기보다 세상을 향해 큰 호의를 베풀어보라. 우리가 '근원적인 풍요'를 더 많이 경험할수록 자신이 뭔가 결핍됐다는 내면의 가난에서 벗어난다. 집착을 더 많이 놓게 된다.

이 근원적인 풍요를 위해 큰 노력은 필요 없다. 마음을 내려놓기만 하면 매 순간 누릴 수 있다. 하늘의 구름에 마음을 놓고, 작은 새의 잿빛 날갯짓에 마음을 놓고, 전화벨 소리에 마음을 놓아라. 만물 속에 내재한 단순성을 있는 그대로 바라보라. 있는 그대로 냄새를 맡고, 맛을 보고, 감정을 느끼고, 기억을 회상하라. "이 말이 백 퍼센트 맞아!" "난 절대 여기에 동의할 수 없어"라는 식으로 판단하거나 평가하지 말고, 있는 그대로 '지금 여기'에 머물러라.

그렇게 할 때, 우리는 어디서 무엇을 하든 근원적인 풍요로움을 누린다. 풍요로움은 나 자신이나 타인의 전유물도 아닌 우리 모두에게 항상 허락된다. 감미로운 빗방울 속에, 혹독한 핏방울 속에, 상심한 마음과 기쁨으로 꽉 찬 마음에 있다. 풍요로움이란 만물의 본성이기 때문이다. 이것은 세상 만물을 차별 없이 비추는 태양과 같다. 또는 세상 모든 것을 반기지도 그렇다고 거부하지도 않는, 있는 그대로 되비추는 거울과 닮았다. 보시바라밀의 여정은 이러한 근원적인 풍요로움으로 나아가는 여행이다. 여기에 눈을 뜨면 근원적인 풍요로움을 누리는 데 방해가 되는 장애를 기꺼이 내려놓는다. 예컨대 아끼던 안경, 긴 코트, 두건, 휴대전화 등 나를 보호하기 위해 붙잡았던 것들을 모두 벗게 된다. 비로소 열린 마음으로 타인과 교감하는 순간이다. 또 우리가 그토록 추구하던 '풍요로움'이 결국 세상 만물 속에 이미 존재하는 속성임을 알아차리는 순간이기도 하다. 이런 진리를 깨달으면 우리는 그 풍요로움을 유연성과 따스함으로 경험한다.

티베트 불교는 전통적으로 보살계를 받는 수계 의식을 치를 때 스승에게 선물을 한다. 도저히 남에게 주기 힘들 정도로 자신이 가장 아끼는 물건이어야 한다. 한 친구는 스승에게 무엇을 선물하면 좋을지 온종일 고민했다. 그는 어떤 것을 드려야겠다고 생각하는 순간 그 물건에 애착이 강해져 곤혹스럽다고 했다. 친구는 고민에 고민을 거듭하다 나중에는 신경과민이 될 정도였다. 자기가 아끼는 소유물을 잃는다는 생각만으로도 우울해 했다. 훗날 그는 스승에게 이런 고민을 솔직히 털어놓았다. 그때 스승은 이렇게 말했다.

"그런 경험이야말로 탐욕이라는 고통에 빠진 자신은 물론, 비슷한 처지에 놓인 모든 사람을 향해 자비심을 기를 좋은 기회다." 어떤 물건은 남에게 쉽게 내주기도 한다. 단 자신에게 충분한 여유가 있다면 말이다. 음식이 필요하다면 음식을 주고, 책이 필요하면 책을 준다. 하지만 남에게 도저히 내주기 힘든 뭔가를 건네줄 때 집착을 끊는 진정한 변화가 일어난다. 비록 억지로 주더라도 집착하는 뿌리 깊은 습관을 느슨하게 풀어놓는 힘이 있다.

우리가 다른 사람과 나누는 정도에 비례해 '보시'가 지닌 힘도 자란다. 나는 이를 가리켜 "두려움을 없애는 선물"이라고 표현한다. 만물에 깃든 단순성과 풍요로움을 알아차릴 때, 우리는 자신이 결코 진흙 속에 처박힌 존재가 아님을 깨닫는다. 또 그 사실이 주는 안도감을 남에게 전하기도 한다. 그래서 남들과 나누는 것에는 비단 물질적인 것만 있는 게 아니다. 우리는 '보시바라밀'이라는 여행 자체를 남들과 함께 한다. 우리가 배운 선글라스를 벗는 법과 두꺼운 갑옷을 벗는 법, 그리고 가면을 벗어던질 수 있을 만큼 두려움에서 놓여난 경험담을 남들과 나눌 수 있다.

육바라밀의 두 번째 '지계바라밀'로 넘어가자. 이는 엄정하면서도 너그러운 절제를 말한다. 우리가 수행을 통해 온갖 적대감의 원인을 없애려면 이런 절제가 필요하다. 절제 없이는 수행을 진전시킬 추진력도 없다.

내게는 이와 관련된 경험이 있다. 내가《도피하지 않는 지혜(The Wisdom of No Escape)》라는 책을 막 출간하고 나서, 처음 안거를 할 때다. 안거에 참석한 이들은 대부분 내 책의 중심 주제였던 '자비'

에 고무되어 왔다고 했다. 그런데 안거의 강좌 프로그램이 한 사흘쯤 되던 날이었다. 모두가 좌선을 하고 있는데, 갑자기 한 여성 참석자가 일어나더니 팔다리를 이리저리 움직이며 기지개를 켰다. 그런 다음 그녀는 그대로 바닥에 누웠다. 좌선이 끝난 뒤, 나는 그녀에게 그 일에 대해 물었다. 그녀는 이렇게 답했다.

"음, 몸이 너무 피곤해서 나 자신에게 자비를 베풀어야겠다는 생각이 들었어요. 그래서 스스로를 쉬게 해준 거지요."

그제야 나는 수행에서 '절제'가 반드시 필요하며, 기분에 따라 좌우되어서는 안 된다는 것을 가르쳐야겠다고 결심했다.

이런 경험도 있다. 내가 처음으로 초감 트룽파의 제자들과 명상을 했을 때다. 트룽파는 오랜만에 미국에 왔다가 제자들이 수행하는 모습을 보고 화들짝 놀랐다. 그것은 말 그대로 눈 뜨고 보기 힘든 가관이었다.

방의 한쪽 귀퉁이에서 한 남자가 방석 세 개를 포개서 깔고 앉았는데, 십 분도 채 되지 않아서 번번이 그 방석더미가 무너졌다. 그러면 그는 다시 방석을 포개 쌓았고, 그 소동을 반복했다. 다른 쪽에서는 한 여자가 명상을 하다 말고 갑자기 자리를 박차고 뛰쳐나갔다. 그러고는 방을 나서자마자 대성통곡을 했다. 그녀는 한 시간 동안 명상을 하는 중에 다섯 번이나 그런 행동을 되풀이했다.

수행이 이런 식으로 흘러가니 제자들이 다 함께 행선行禪(걷기 명상, 흔히 경행經行이라고 함 – 옮긴이)이라도 할라치면 동작은 제멋대로였다. 어떤 이는 혼자서 뒤로 걸었고, 어떤 이는 무릎을 깊이 구부려서 위아래로 몸이 요동치듯 걸었다. 어찌 보면 재미있는 광경일수도 있지만, 수행의 집중력을 흐트러뜨리는 것은 분명했다. 이런 모습을 지켜본 초감 트룽파는 얼마 지나지 않아서 '명상의 표준 원칙'이라는 것을 도입해 제자들이 서서히 변하도록 이끌었다. 그 뒤로는 수행의 분위기가 획기적으로 자리 잡았다.

여기서 내가 말하는 절제가 세상 사람들이 흔히 말하는 것처럼 잘못된 습관을 고치고 나쁜 행동을 하지 말라는 식은 아니다. 우리가 절제해야 할 것은, 있는 그대로의 현실을 바라보지 못하게 만드는 온갖 종류의 도피 행위다. 그 행위를 중단해야 '지금 이 순간'에 깃든 근원적인 풍요로움을 누린다.

절제를 실천하는 데는 원칙이 있다. 절제를 하는 데도 절제가 필요하다는 것이다. 절제를 하되 너무 가혹해서는 안 된다. 이것은 반야의 지혜이기도 하다. 절제는 나에게서 즐거움을 박탈하거나 어떤 대가를 치르거나 무조건 자신을 통제해야 하는 것이 아니다. 만약 그렇다면 그것은 또 다른 집착에 불과하다. 진정한 차원의 절제와 만난다면 우리는 모든 집착을 내려놓는 용기를 얻는다. 절제는 우리를 결박하는 습관적인 틀을 거스르게 함으로써,

마음이 원래의 자리로 돌아가도록 이끈다.

외적인 차원에서 절제는 우리에게 일종의 틀을 부여한다. '30분 명상' '50일 출가 프로그램'처럼 말이다. 외적인 차원의 절제가 무엇인지 보여주는 가장 좋은 예는 명상 기법이다. 우리는 그 기법이 제시하는 형식에 따라 자세를 취하며 순서에 충실하려고 노력한다. 가령 호흡을 할 때는 날숨에 가볍게 주의를 둔다. 이때 기분이 오락가락하거나 잡념이 떠오르고 무의식중에 자신이 만든 드라마가 상영되더라도 계속 반복한다. 이 과정을 통해 자기 삶에 근원적인 풍요로움을 불어넣는다. 수세기 동안 선배 명상가들이 해온 것처럼 우리도 그 가르침을 따른다. 이런 수행의 틀 안에서 우리는 자비롭게 정진해 앞으로 나아갈 수 있다.

이제 내적인 차원의 절제를 보자. 이는 우리가 인위적인 성품을 버리고 원래 성품인 너그러움과 내려놓음, 거짓 없음의 자리로 되돌아감을 말한다. 너무 느슨하지도 꼭 조이지도 않고, 너무 유유자적하거나 경직되지 않게 그 사이에서 균형을 유지하며 머무는 것이다. 이런 절제를 통해 우리는 삶의 속도를 늦추고 지금 이 순간에 현존하게 된다. 그럼으로써 자신의 삶을 더 온전하게 살 수 있다. '지계바라밀'을 통해 발 디딜 곳조차 없는 '덧없음' 속으로 힘차게 내디뎌야 한다.

세 번째 지침은 '인욕바라밀'이다. 이는 인내의 힘으로 분노의 독성을 해독하라는 가르침이다. 인욕바라밀을 통해 우리는 구도의 여정에서 무엇을 만나든 사랑하고 돌보는 법을 배운다. 여기서 말하는 인내는 이를 악물고 참는 게 아니다. 어떤 상황에서든 습관적으로 반응하지 않으며 열린 마음으로 씹고, 냄새 맡고, 바라보면서 있는 그대로 알아차리는 것이다. 이런 맥락에서 보면 인내의 반대는 공격성이다. 그것은 벌떡 일어나 움직이려는 욕구, 자신을 어디로든 몰아붙여 의식의 빈 공백을 얼른 메우려는 욕구다. 인내의 여정은 마음을 내려놓고, 모든 경험을 향해 마음을 열며, 삶의 경이로움을 체험하는 것이다.

나는 한 친구에게 이런 얘기를 들었다. 그녀가 어렸을 때 할머니께서 오빠와 자기에게 숲으로 동물들을 보러 가자고 말했다. 할머니는 체로키 인디언의 후손이었다. 숲에서 할머니는 오누이에게 이렇게 말했다.

"조용히 앉아 있으면 뭔가를 볼 수 있단다. 아주 조용해지면 뭔가를 들을 수 있단다."

할머니가 '인내'라는 단어를 쓰지는 않았지만 친구가 이날 배운 것이 바로 '인내'였다.

인내에서도 통렌 명상은 유효하다. 누구나 갑자기 속도를 내서 돌진하고 싶을 때가 있고, 어떤 문제를 반드시 끝장내겠다고 마음을 먹기도 한다. 또 누군가 고함을 질러 내게 모욕감을 주면, 나 역시 소리를 질러서 받은 만큼 되돌려주겠다는 복수심이 치밀어 오른다. 그러나 잠시 마음을 진정하고, 통렌 명상을 해보라. 숨을 들이쉬면서, 인간이 가진 근원적인 불안과 공격성을 들이마셔라. 반대로 숨을 내쉬면서 평화와 여유를 내보내라. 그러면 만사가 좀 더 느긋하게 흘러간다.

통렌 명상은 바로 그 자리에 선 채로 해도 좋고, 앉아서 해도 좋다. 자세야 어떻든 수행의 기본은 마음의 여유를 가지며 습관적으로 행동하지 않는 것이다. 이것만 착실히 지켜도 우리의 말과 행동은 엄청나게 달라진다. 다가오는 상황을 먼저 맛보고, 냄새 맡으며, 접할 수 있도록 자신을 열어놓았기 때문이다.

네 번째 '정진바라밀'을 보자. 여기에는 여정의 속성 또는 과정의 속성이 깃들어 있다. 정진바라밀은 자신을 달달 볶으면서 밀고 나가는 수행은 아니다. 완성해야 할 프로젝트도, 우승을 해야 하는 경주도 아니다. 정진이란 이런 마음이다.

아주 추운 겨울 산속 통나무집에서 하룻밤을 보낸다고 상상해보라. 이제 날이 밝았으니 집 밖으로 나가 산책하고 싶은 마음이 굴뚝같다. 그런데 안락하고 포근한 이불이 발목을 잡는다. 한동안 망설이던 끝에 결국 자리를 털고 일어나 불부터 피우기로 한다. 침대에 누운 채 맞는 햇빛보다 집 밖에서 보는 햇빛이 더 근사하지 않겠는가. 이것이 바로 정진이다.

정진바라밀은 깨달음에 대한 원대한 갈망을 품는다. 무슨 일이든 감사하는 마음으로 행동하고, 가진 것을 나누며, 묵묵히 나아간다. 수행으로 통찰이 더 깊어지고 넓어질수록 가슴 뛰는 법열을 경험할 기회도 많아진다.

만약 우리가 고통을 피하고 즐거움만 좇는 것이 얼마나 허황된 욕망인지를 안다면 또 그것이 우리를 끊임없이 괴로움으로 몰아넣는 원인임을 안다면 어떨까? 아마 우리는 꽁지에 불이 붙은 사람처럼 수행하지 않겠는가. 무릎 위에 거대한 뱀이 올라앉은 사람처럼 정진할 것이다. 어차피 시간은 충분하고 지금 안 되면 나중에 한다는 생각 따위는 하지 않을 것이다.

육바라밀의 다섯 번째 지침은 '선정바라밀'이다. 이는 명상을 배우는 여정으로 승패나 득실에 연연하지 않는 마음가짐이다. 깨달은 사회를 이루는 기본 바탕이기도 하다. 우리는 명상을 통해, 조건 없는 마음자리이자 아무것에도 집착하거나 거부하지 않는 근원적인 공간과 만나게 된다. 그 마음자리는 모든 것이 아무런 꾸밈없이 자유롭게 오고간다.

따라서 선정바라밀이야말로 비폭력적이며 비공격적이다. 의식의 빈 공간을 무엇으로도 메우려고 하지 않고 있는 그대로 바라보기 때문이다. 무조건적인 열린 마음과 연결될 기회이기도 하다. 이런 상태가 바로 우리가 진정으로 변화할 원천이 된다.

누군가는 내 이야기를 듣고 거의 불가능한 숙제를 스스로에게 부여하는 게 아니냐고 반문할지도 모른다. 그럴 수도 있다. 하지만 이 '불가능성'과 함께 명상한다면 결국 그것이 언제나 가능함을 알아차리게 된다.

생각이나 기억에 대한 집착은 붙잡기 힘든 허망한 것에 매달리는 일이다. 이런 유령들 속을 헤매다 그것을 놓아버리면, 공을 발견하고, 마음속 재잘거림이 멈추며, 열린 하늘을 보게 된다.

이는 우리의 타고난 권리다. 태어날 때부터 가지고 나온 지혜가 꽃을 피우는 것이며, 근원적인 풍요로움이 거대하게 그 자태를 펼치는 것이다. 원초적인 지혜와 원초적인 자유, 그 자체다.

그때 우리에게 필요한 것은 마음을 흐트러뜨리지 않고, 지금 이 순간에 현존하며 마음을 내려놓는 것이다. 혹시 잡념, 갈망, 희망, 두려움 따위에 마음이 휩쓸려 표류하더라도 몇 번이든 지금 이 순간으로 되돌아오라. 우리는 지금 여기에 있다. 바람에 실려 떠다니다가 바람에 실려 되돌아오듯 알아차린 순간에 지금 돌아오면 그만이다. 한 생각이 끝나고, 다른 생각이 아직 시작되지 않았을 찰나 바로 그 텅 빈 공간에서 쉬면 된다. 지금 이 순간의 마음으로 되돌아오라. 그곳이야말로 모든 자비와 영성이 샘솟는 근원이다.

마지막은 '반야바라밀'이다. 이는 모든 행위를 황금으로 바꾸는 지혜다. 앞서 설명한 다섯 바라밀이 우리에게 이런저런 기준을 제시해준다면, 반야바라밀은 모든 것을 훌쩍 뛰어넘는다. 반야의 지혜에는 머무를 집도 의지할 원칙도 없다. 하지만 그런 이유로 우리는 편안할 수 있다. 더 이상 누군가를 물어뜯을 이유가 없고, 다툴 이유도 없다. 편을 가를 필요가 없는 것이다.

이 진리를 마주하면 과거의 낡은 습관이 무척 그리워질지 모른다. 자신이 집착하는 향수(Nostalgia)를 발견하기도 한다. 절제를 수행할 때, 우리는 지금 있는 곳을 벗어나 누구와도 접촉하고 싶지 않은 향수를 발견한다. 인내를 수행할 때는 한없이 질주하고 싶은 향수를 본다. 정진에서는 무한정 게으름을 피우고 싶은 향수를, 선정은 자신의 끝없는 산만함과 불안 그리고 냉소적 태도를 본다.

그런 향수를 보면 그저 왔다가 가도록 내버려두라. 나만이 아니라 다른 사람들도 그런 향수를 경험한다는 것을 이해하라. 만물은 모두 제각각 자리가 있듯, 향수에게도 그런 자리가 있다. 이런 경험을 통해 우리는 해가 거듭될수록 자신을 단단하게 속박했던 갑옷을 벗고, 발 디딜 곳 없는 '무상'을 향해 한 걸음 내딛게 된다.

　이것이 바로 보살의 수행이며, 평화 봉사자의 수행이다. 세상에
는 이런 수행자가 많이 필요하다. 보살 정치가, 보살 경찰, 보살 부
모, 보살 버스기사, 보살 은행원 등 사회 곳곳에 수행자들이 필요
하다. 이를 위해서는 우리가 바뀌어야 한다. 모든 사람들과 이 세
상 미래를 위해, 우리 마음과 행위를 완전히 바꾸어야 한다.

다투지 않는 마음을 기르는 것이야말로
세상에 평화를 보태는 지름길이다.

내 의견에 취하지 마라

만약 명상할 시간이 부족하다면, 이런 명상은 어떤가. 바로 '내 견해'를 바라보는 명상이다. 이것은 일상에서 할 수 있는 최고의 명상법이다. 좌선을 지도할 때 스승들이 가르치는 대표적인 명상 기법이기도 하다. 자신이 무슨 생각을 하는지 관찰해보라. 이때 어떠한 비판이나 "옳다" "그르다"와 같은 판단도 안 된다. 그저 있는 그대로 스스로 어떤 생각을 하는지만 알아차려라.

이 명상의 핵심적인 효과는 크게 두 가지다. 하나는 자신을 더이상 적대적으로 대하지 않는 것이다. 다른 하나는 우리가 가진 근원적인 지혜를 끄집어내는 것이다. 이 수행을 할 때는 자신이 무슨 생각을 하는지 바라보되, 거기에 희망이나 두려움, 칭찬, 비난 같은 감정을 덧붙이지 말아야 한다.

물론 이 명상은 마음먹은 대로 되지 않는다. 단 일 초만이라도 자기 생각을 주시하다 보면 떠오른 생각에 대한 칭찬이나 감정 등이 따라붙는다. 시시비비를 가리려는 판단도 무의식중에 개입된다. 심지어 떠오르는 생각을 '생각'이라고 이름 붙이는 것도 제쳐놓고, 더 깊이 몰입하기도 한다.

　　하지만 명상 수행을 통해 홀로 앉아 자신과 마주하면, 오로지 자기의 날숨과 떠오르는 생각들을 관찰하는 것만으로도 마음이 한결 차분해짐을 느낀다. 자연스럽게 본인의 느낌과 별개로 예전보다 현실을 더 많이 알아차릴 수 있다. 내면 공간이 예전보다 넓어지며, 명상 중 무슨 생각이 떠오르든 그것을 더 명료하고 생생하게 바라본다. 마음이 항상 온갖 수다로 들끓는다는 것을 알며, 동시에 그 잡담과 잡담 사이에 빈 공간이 있음을 알아차린다. 또 상황에 따라 자신의 태도가 어떻게 변하는지도 섬세하게 느낀다. 그런 다음에는 자신의 습관을 주시하기 시작한다. 자기만의 견해와 바람을 얼기설기 엮어서, '에고'를 형성해가는 자신을 발견하게 된다. 관찰은 조금씩 더 섬세하고 깊이 있게 발전한다. 나중에는 자신이 지금 무엇을 하고 있으며, 자신이 누구인지도 알아차린다.

　　이렇게 꾸준히 자신을 바라보면 정식으로 명상을 하지 않아도 스스로 어떤 견해를 가졌는지 알아차리게 될 것이다. 마치 명상

때 떠올랐던 생각들을 자세하게 알아차렸던 것처럼 말이다. 이 수행은 우리가 편견에서 벗어나는 데 매우 탁월한 효과가 있다. 우리는 제각각 가진 수많은 견해를 진실처럼 간주한다.

물론 현실은 다르다. 견해들은 모두 견해에 불과하다. 어느 것도 진실은 아니다. 그런데 우리는 자기의 견해에 감정적인 에너지까지 쏟아 부으며 그것을 뒷받침하려고 노력한다. 어떤 때는 심드렁하고 냉소적인 감정으로 대응하며, 또 어떤 때는 이것만이 근사하고 완벽한 것이라며 들뜬다. 하지만 그것은 그저 견해일 뿐이다. 우리가 가진 엄청난 견해 중 하나일 뿐이다.

다시 한 번 말하지만 견해는 그 이상도 그 이하도 아니다. 명상 중 떠오른 잡념을 '생각'이라고 이름 붙였듯, 견해 역시 그렇게 '견해'라고 이름 붙이면 그만이다. 이 단순한 수행만으로도 우리는 존재의 근본 속성인 '무아'라는 차원을 깊이 경험한다.

'에고'라는 것도 그렇다. 에고를 구성하는 모든 것은 우리의 견해다. 임시적인 견해를 고정되고 실재하며 불변하는 절대 진리라고 우긴다. 이 말이 의심스럽다면 자신의 견해에 실체가 있는지, 절대적으로 진실한지 단 몇 초만이라도 숙고해보라. 이런 식으로 자신의 견해를 잘 살피면 근원적인 진리인 무아의 차원과 만날 가능성이 열린다.

그렇다고 견해를 모두 없애라거나 견해가 있다는 것을 자책하라는 게 아니다. 견해를 가지는 것은 자연스럽다. 다만 그것에 지나치게 연연해 하거나 타인에게도 그런 견해를 강요하지 말라는 것이다. 그저 우리 내면의 혼잣말을 섬세하게 관찰해 보라. 이를 통해 스스로 끊임없이 견해를 만들고, 그것에 사로잡히는 습관을 알아차리라는 것이다.

견해가 그저 견해임을 알아차려라. 온갖 견해들을 내려놓고 지금 이 순간으로 돌아오라. 지금 여기서 앞자리에 앉은 이의 얼굴을 바라보고, 커피 맛을 음미하고, 깨끗하게 이를 닦아라. 무슨 일을 하든 지금 여기로 돌아오라. 만약 견해를 가지면 그냥 놓아버려라. 그리고 지금 이 순간으로 돌아오라. 자신이 새로운 세상에 있으며, 새로운 눈과 귀를 가졌음을 깨닫게 될 것이다.

"내 견해를 알아차리라"는 의미는 스스로 어떤 생각이나 행위를 하는지 주의를 기울이고, 거기에 얼마나 많은 에너지를 쏟아 붓는지 관찰하라는 뜻이기도 하다. 그 순간 자신이 얼마나 매사를 확고부동한 것으로 만들기 위해 통제하는지, 내 견해는 우월하고 남의 견해는 보잘것없다는 식의 싸움에 얼마나 쉽게 말려드는지 깨닫게 된다.

특히 사회운동에 관심을 가지는 사람들이야말로 이런 종류의 싸움에 잘 휩쓸린다. 가령 많은 이들이 염려하는 오존층을 예로 들어보자. 오존층이 얇아지는 것은 과학적인 사실이다. 이는 개개인의 특정한 견해가 아니다. 하지만 오존층이 더 이상 손상되지 않도록 개선하는 운동을 살펴보자. 만약 사람들이 오존층 문제를 일으킨 주범들을 원망하며 나쁘다는 견해를 가진다면 변하는 것은 아무것도 없다. 부정은 부정을 낳을 뿐이다. 행위가 아무리 정당하고 거룩하더라도 반대 입장에 선 사람들에게 적대감을 갖고 대립각을 세운다면 아무런 도움이 되지 않는다. 적대감은 그 무엇도 변화시킬 수 없다.

반대파들과 싸워 이기지 못한다면 변화가 없기는 매한가지 아니냐고 반문할지도 모른다. 하지만 다투지 않는 평화로운 마음은 설령 뭔가를 이루지 않더라도 그 자체로 세상에 도움이 된다.

식량 부족, 기아, 종교 분쟁 등의 원인은 모두 공격성에서 비롯된다. 내가 어떤 견해에 공격적으로 집착하면 분쟁과 고통만 늘어날 뿐이다. 그 견해가 아무리 정당하고 거룩해도 마찬가지다. 다투지 않는 마음을 기르는 것이야말로 세상을 평화롭게 만드는 지름길이다. 싸움을 그치는 유일한 해답은 적에 대한 증오를 멈추는 것이다. 내 견해는 물론, 우리의 견해는 모두 현실에 대한 하나의 관점에 지나지 않는다. 그것을 알아차림으로써 세상에 쓸데없는 분쟁의 소지를 없애야 한다.

이를 위해선 먼저 견해와 지혜의 차이를 깨달아야 한다. 바른 지혜는 생각을 그저 생각으로 바라볼 뿐 그것이 옳은지 그른지 의견을 갖지 않는다. 사회운동이라는 맥락도 마찬가지다.

우리는 정부나 기업, 개인이 하천을 오염시키거나 동물을 해치는 것을 있는 그대로 관찰할 수 있다. 또 그것을 사진을 찍거나 객관적인 기록으로 남겨 환경 운동의 타당성을 알릴 수도 있다. 이는 허위나 개인적인 견해가 아니다. 우리는 그것을 지혜롭게 알아차린다. 하지만 그 사실을 부풀려 선과 악이라는 대립 구도로 몰아가거나 그것에 휩쓸려 자신을 내버려두지 말라.

사실과 견해를 구분하는 일은 오로지 자기 자신에 달렸다. 그것을 있는 그대로 구분할 때 나의 말과 행위는 힘이 실린다. 또 지혜가 자란다. '견해'라는 이름의 구름으로 말과 행위를 치장하지 않을수록 내가 가진 뜻은 깊은 호소력을 지닌다. 강을 오염시키는 사람뿐 아니라 그들에게 압력을 행사하려는 사람들에게도 우리가 말하고자 하는 바를 제대로 전달할 수 있다.

부처의 말처럼 고통은 그저 고통으로 알아차리는 게 최선이다. 회피하거나 일부러 둔감하려고 애쓰지 말라. 내 견해에 취해 다른 이들을 적으로 만드는 공상에 빠지지 않는다면 우리는 분명 뭔가를 성취하게 된다. 타인을 향한 적대감에 휩쓸리지 않는다면 고통의 원인을 좀더 명료하게 관찰할 수 있다. 이것이 바로 고통을 멈추는 길이다.

이 과정에는 엄청난 인내가 필요하다. 잊지 말아야 할 것은 개선하려고 노력할 때도 그 과정을 공격적으로 밀어붙이지 말고, 평화롭게 이끌어야 한다는 점이다. 이것이 가능하다면 그 문제를 해결하든 못 하든 세상에 평화를 가져올 것이다. 이를 위해선 최선을 다하되 결과에 대한 희망은 버려야 한다. 이 말이 억지스럽고 모순처럼 들릴 수도 있다.

유명한 인디언 주술사인 돈 후앙Don Juan은 제자인 인류학자 카를로스 카스타네다Carlos Castaneda에게 다음과 같은 조언을 했다.

"무슨 일을 하든지 그 일이 세상에서 가장 중요한 일인 양 최선을 다하되, 동시에 그런 일 따위는 하나도 중요하지 않다는 사실을 명심하라."

이런 태도를 가진다면 감사하는 마음은 더 늘어나고, 실망하고 지치는 일은 훨씬 줄어들 것이다. 무슨 일이든 최선을 다하되 불필요한 집착으로 공격성을 발휘하지 않기 때문이다. 또 이렇게 인생을 산다면 하루하루가 새로울 것이다. 지나치게 미래를 의식하는 치우친 삶을 살지 않아도 된다.

비록 우리가 어떤 방향으로 나아가고, 그것이 세상의 고통을 줄이는 데 도움이 된다고 해도 마찬가지다. 세상을 돕는 길은 그것만이 아니다. 마음을 청정하게 지키며 사방으로 마음을 활짝 열어놓는 것이야말로 세계 평화에 이바지하는 길이다. 극악한 상황에 내몰려 눈을 감고, 귀를 닫고, 온 세상 사람들을 모조리 적으로 만들고 싶은 마음이 들 때가 있다. 그 순간이야말로 우리가 가장 높은 차원의 개인 수행과 사회운동을 함께 할 수 있는 좋은 기회다.

공격성을 버리고 행동하는 것은 어려운 과제다. 우선 자신의 견해가 그저 견해임을 알아차리는 것부터 시작해야 한다. 이 세상에는 억압해야 할 사람도, 억압받아야 할 사람도 없다. 깨달음을 위해 그런 과정이 필요한 것도 아니다. 우리가 할 일은 자신이든 타인이든 누군가를 억누르는 것이 아니다. 그저 자기가 하는 생각과 말, 행위를 잘 알아차리도록 스스로 돕고 격려하면 된다.

자신의 견해를 잘 주시하라. 그 견해가 점점 공격적으로 변하는 것을 알아차려라. 시시비비에 휩쓸리지 않는 지혜를 개발할 때 존재의 심오한 차원을 발견하게 된다. 그때 고통은 완전히 소멸된다.

마지막으로 절대 자신을 포기하지 마라. 그것이야말로 다른 사람을 포기하지 않는 길이다. 온 마음을 다해 꾸밈없이 바라보는 지혜를 일깨우라. 그것을 오늘, 지금 당장 행하라. 세상을 진정 이롭게 하는 길이다.

일상의 혼란 속에 언뜻 보이는 불확실성의 한복판에
우리가 원래부터 타고난 '지혜의 마음'이 있다.

열여덟

가슴으로 이해하라

친구와 함께 밤새 무상이니 공이니 보시 같은 것에 대해 이야기해본 적이 있는가? 만일 그랬다면 세상을 바라보던 습관적인 방식을 뒤엎는 뭔가를 읽었거나 가르침을 듣고 난 다음일 것이다. 그때 우리는 벅찬 감동을 느낀다. 조금만 더 배우면 내 삶이 더욱 기쁘고 풍요로워지리라는 기대감이 든다. 이제껏 짊어지고 살았던 무거운 짐을 드디어 벗을 거라는 설렘도 있다. 들뜨고 신이 나서 모든 게 가능할 것 같다. 친구에게 들뜬 목소리로 말한다. 내삶이 어떻게 피어나고 있는지 이야기한다.

"그게 정말 가능하더라니까. 전에는 죽기보다 싫었던 일인데, 어느 순간 내가 그 일을 즐기고 있더라고. 직장 일도 신나고, 지하철 타는 것도 신나고, 눈 치우는 것도 신나고, 세금 내는 것도 신나고…… 심지어 설거지를 하는 것도 신나더라니까."

하지만 이런 기분은 그리 오래 가지 않는다. 현실이란 짜증나기 마련이다. 자질구레하고 지긋지긋한 문제들과 마주쳤을 때 우리의 행동은 평소 하던 선한 생각이나 의도와는 꽤 차이가 난다.

나 역시 마찬가지다. 하루는 내가 샌프란시스코에서 버스를 타고 집으로 가는 중이었다. 그때 나는 인간이 겪는 온갖 고통과 남을 돕는 봉사에 관한 가슴 절절한 글을 읽고 있었다. 어찌나 감동적이었던지, 글을 읽다가 가슴이 먹먹해져서 눈물을 흘렸다. 다른 승객들은 울고 있는 나를 이상하다는 듯 쳐다보았다. 나는 주위의 분위기에는 아랑곳없이 모든 사람을 향한 연민이 우러났으며, 사람들을 이롭게 하는 데 나를 바쳐야겠다는 다짐이 솟아났다. 그리고 버스에서 내려 곧장 집으로 향했다. 종일 쉬지 않고 일한 터라 온몸에서 걷잡을 수 없는 피로감이 몰려왔다. 나는 얼른 쉬고 싶었다. 그런데 집에 들어서자마자 전화가 울렸다. 급한 사정이 생겨 오늘밤 명상 지도를 대신 맡아달라는 동료의 부탁이었다. 나는 한마디로 딱 잘라 말하고, 전화를 끊었다.

"안 돼요. 미안하지만 난 좀 쉬어야 해요."

이것은 무엇이 옳고, 무엇이 그른지에 대한 문제가 아니다. 가르침으로 얻은 영감을 현실을 통해 실천할 때 직면하는 딜레마일 뿐이다. 우리의 열망과 현실 사이에는 우리를 당황하게 만드는 긴장이 있다. 가슴 뛰는 열망과 달리 우리가 마주하는 현실은 피곤하고, 배고프고, 두렵고, 맥 빠지고, 화가 나는 그런 것들로 뒤범벅되어 있다.

11세기 인도의 위대한 수행자 나로파[Naropa]의 일화 중에는 다음과 같은 이야기가 전한다. 어느 날 나로파가 거리를 거닐다가 한 노파를 만났다. 노파는 그가 들고 있는 커다란 책을 가리키며 그 안에 적혀 있는 말을 모두 이해하느냐고 물었다. 나로파가 인도에서도 손꼽히는 불교학자라는 것을 알면서도 짐짓 그렇게 물은 것이다. 나로파는 그렇다고 답했다. 그러자 노파는 웃으며 기쁨의 춤을 추었다. 그런 다음 이번에는 그 책에 적힌 가르침의 의미까지도 모두 이해하느냐고 물었다. 노파를 더욱 기쁘게 해줄 생각으로 나로파는 역시 그렇다고 대답했다. 하지만 그 순간 노파는 불같이 화를 냈다. 나로파야말로 위선자이며 거짓말쟁이라고 고래고래 소리를 질렀다. 그 사건 이후로 나로파의 삶은 완전히 변했다. 나로파는 노파가 자신의 속을 꿰뚫어보았다는 것을 알았다. 그는 심오한 속뜻은 모르는 채, 이제까지 화려한 언변에 의지하여 가르침을 펼쳤던 것이다.

　정도의 차이는 있지만, 누구나 이런 면이 있다. 명상도 해봤고 진리도 알 만큼 안다고 자신을 속이지만 그저 한동안일 뿐이다.

결국에는 삶이 판가름을 해준다. 감출 수 없는 진실과 대면할 수밖에 없다. 우리가 그동안 배웠다는 가르침들은 사랑하는 사람의 배신 앞에서, 슈퍼마켓에서 갑자기 떼를 쓰는 아이의 울부짖음 앞에서, 동료에게 받은 모욕감 앞에서 모두 무용지물이다.

사장이 갑자기 사무실 문을 벌컥 열고 들어와 소리를 지를 때, 그 억울한 마음은 어떻게 다스린다는 말인가? 자신과 타인을 모두 자비롭게 대하겠다는 열망과 항상 열린 마음을 유지하겠다는 다짐이 번번이 좌절할 때마다 뒤따르는 좌절감과 수치심을 또 어떻게 조화시켜야 하는가? 깨어 있는 의식으로 명상을 하겠다고 다짐했는데도, 자리에 앉자마자 꾸벅꾸벅 조는 이 현실을 어떻게 조화시켜야 하는가? 명상하는 내내 오가다 만난 사람이나 물건이 눈앞에 아른거린다면 어떡해야 하나? 좌선 후 오전 내내 무릎이 아프고 허리도 결려 몸만 고되고 지루하고 싫증만 난다면 어떻게 해야 하는가? 고요하게 깨어 있는 무아를 경험하고 싶은데, 수행 중에 발견하는 것이 자신의 날카로움, 짜증, 고정된 집착뿐이라면 또 어떻게 할 것인가?

바로 그 지점이 우리가 진정한 자신을 발견하도록 실마리를 던져준다. 수행자에게 그 지점은 매우 중요하다.

위대한 수행자 나로파 역시 우리와 별반 다르지 않았다. 거리에서 만난 노파의 비난에 무참히 무너진 후, 그는 말 뒤에 감춰진

심오한 속뜻을 깨닫기 위해 스승을 찾아 나섰다. 그리고 매 순간 끊임없이 진퇴양난의 상황에 부딪쳤다. 그는 머리로는 자비에 대해 모든 것을 알고 있었다. 하지만 이가 득실거리는 더러운 개와 마주치자 고개를 돌려버렸다. 그는 머리로는 무착無着과 무비판에 대해 모든 것을 알고 있었다. 하지만 자신이 동의하지 않는 것을 스승이 시키자 거절하고 말았다.

우리는 경전이나 법문에서 배운 가르침을 현실로 체화하는 과정에서 이런 진퇴양난의 답답한 순간을 자주 경험한다. 그것은 우리가 거기 있으려면 다른 대안을 모색해야 하는 그런 지점이다. 불편하고, 당황스럽고, 낯 뜨겁다. 우리 같은 보통사람들은 흔히 그 지점에 이르러 포기해버리고 만다.

누구나 영적으로 고무되고, 진정한 차원과 만나고, 자기가 바른 길을 걷는다고 여길 때는 명상과 가르침을 즐긴다. 하지만 명상이나 가르침이 짐이 되고, 자신의 기대치를 만족시키지 못한다는 생각이 들며, 급기야 이것이 잘못된 선택이라는 기분이 든다면 어떨까? 그럴 때는 함께 수행을 하는 이들조차 비정상적으로 보인다. 그들 역시 이리저리 헛갈림과 어리석음을 반복할 뿐이다. 명상 모임을 운영하는 방식도 수준 이하로 보이며, 심지어 스승의 자질까지도 회의가 든다.

하지만 이런 답답한 상황에 직면했을 때, 회피하지 않고 오히려 파고드는 것이 바로 명상의 핵심이다. 그렇게 파고들 때, 우리는 진정으로 뭔가를 배운다. 가르침을 떠나거나 받아들이기도 힘든 지점, 숭고한 이상으로 고무되어 있으면서도 눈앞에 벌어지는 조악한 현실에 발목이 붙들려 있는 지점, 바로 이 진퇴양난의 지점에서 수행의 결실을 이룰 수 있다.

누구나 곤경에 처하면 마음이 옹졸해진다. 살다보면 비참하고, 억울하고, 스스로 불쌍하고, 가망 없이 보일 때도 있다. 그런데 우리가 온갖 나쁜 일에 달달 볶여서 고통스럽고 수치스러울 때가 바로 내 마음이 부쩍 자라는 성장점成長點이다.

일어난 사건을 두고 내가 나약했다거나 상대가 강했다고 마음의 진술서를 쓰지 마라. 내가 멍청했다거나 상대가 나빴다고 정리하지도 마라. 나와 상대에 대한 온갖 불평불만을 모조리 중단하라. 그러면 우리는 외부에 대한 모든 경계심을 풀어놓고 무엇을 할지 모르는 투명한 마음 그대로, 그 순간의 원초적이며 변화무쌍한 에너지와 더불어 그냥 놀며 바로 지금 이 순간에 존재할 수 있다. 바로 그 자리가 우리가 온갖 개념과 언어의 이면에 감춰진 진정한 속뜻을 알아차리는 지점이다.

우리는 약간이라도 불편하면 즉시 피하는 습관에 찌들어 있다. 거의 자동적으로 자신을 불편함에서 벗어나게 하는 어떤 행위를 한다. 누군가를 공격하고, 자신을 들볶는다. 어떤 식으로든 확실성과 안전을 확보하고 싶어 하며, 의지할 곳을 만들려고 기를 쓴다.

그러니 다음번에 자기가 디디고 선 땅이 완전히 사라지는 듯한 경험을 하더라도 두려워하지 마라. 장애라고 여기지도 마라. 제대로 복이 터졌다고 생각하라. 확고한 피난처는 사라졌을지 모르지만, 그로 인해 마음의 유연성과 영감을 얻을 것이다. 이런 식으로 수행에 정진하면, 우리는 마침내 진정으로 성장하게 된다. 초감 트룽파가 제자들에게 이런 말을 한 적이 있다.

"내가 너희에게 세상에서 가장 훌륭한 진언을 가르쳐주마. 그것은 '옴 – 성장하라 – 스바하'(불교에서는 신성한 뜻을 간직한 '옴Om'으로 시작해 원만히 성취된다는 의미를 가진 '스바하Svaha'로 끝나는 진언이 많다 – 옮긴이)다."

'다음 번'이라는 기회는 어쩌면 그리 먼 일이 아니다. 변화의 기회는 매 순간 다가오기 때문이다. 자, 어서 선택해보라. 변화 없는 안전에 집착할 것인가, 아니면 자신을 완전히 열어젖히고 새로운 차원으로 나아갈 것인가? 이는 갓난아기가 인생이라는 충만한 빛 속에 자신을 알몸으로 드러내는 일이다. 이 표현이 불편하고 두려운가? 하지만 그 순간이야말로 이 재미없는 세상이 완벽하다는 것을 깨닫는 기회다. '선입견'이라는 이름의 오랜 잠에서 깨어나 꾸밈없는 맨눈으로 세상을 바라보는 지점이다.

옛날 중국 어느 조사는 "진리는 이것도 아니고 저것도 아니다"라는 말을 남겼다. 그것은 끓는 기름이 먹고 싶어서 침을 흘리는 개와 같다. 개는 기름이 먹고 싶어 그 자리를 뜨지 못한다. 그런데 너무 뜨거워 핥을 수조차 없다.

이런 상황에서 우리는 어떻게 해야 할까? 물러나거나 다가가지 않아도 된다. 대신 무슨 일이 일어날지 누구도 대답할 수 없는 질문이나 미지의 영역에 호기심과 의문을 가지라고 스스로를 격려하라. 바로 지금 이때가 그 답답한 진퇴양난에 뛰어드는 순간이다. 그 어색하고 모호한 순간, 불확실성의 한복판에 원래부터 타고난 우리의 '지혜의 마음'이 있다.

이런 일을 통해 자신을 시험하자고 스스로를 격려해야 한다. 물론 두려운 일이다. 내가 기대치에 못 미칠까봐 불안해 한다. 하지만 그것이 바로 이 지점의 미덕이다. 나라는 존재가 아무것도 아닐지도 모른다는 불안한 마음 한가운데 지혜의 마음이 있다. 그냥 한번 해보라. 스스로를 시험하는 것이 손해 보는 장사는 아니다. 세상의 시시비비에 이리저리 휘둘리지 말고, 발 디딜 곳 하나 없는 무상의 자리에서 편안하게 머무는 실험을 해보라.

나에게 많은 가르침을 준《밀라레파의 삶(The Life of Milarepa)》이라는 책이 있다. 나는 그 책을 읽으며, 내가 무슨 집착 때문에 수행에 진전이 없는지 스스로 그 지점을 찾아낼 수 있었다. 그 내용은 이렇다.

밀라레파는 살인자였다. 그는 우리가 그렇듯 자신의 잘못을 속죄하고자 수행을 시작했다. 그는 해탈을 구하는 과정에서 수없이 넘어지고, 좌절하고, 실패했다. 원하는 것을 얻기 위해 거짓말이나 도둑질을 했고, 의기소침해 자살하려고도 했다. 좋았던 과거로 되돌아가고 싶다는 어리석은 향수에 휩싸이기도 했다. 또한 우리 같은 보통사람들이 그렇듯, 밀라레파에게도 그를 시험하고 성자의 포장을 벗겨내려는 사람들이 끊임없이 찾아와 시비를 걸었다. 티베트인 대다수가 그를 성자로 여길 때에도 원한에 사무친 그의 고모는 그를 몽둥이로 때리고 욕설을 퍼부었다. 밀라레파는 그런 굴욕적인 고난 앞에서 어떻게 처신하면 좋을지 계속 답을 구해야만 했다.

우리는 큰 고난을 당하면서도 제자리를 지키며 법맥을 이은 스승들에게 감사해야 한다. 스승들은 시험을 당하고 실패하면서도 안전한 도피처를 구하지 않고, 법을 탐구하며 있는 그대로 자리를 지켰다. 그들은 설령 자신의 철학이나 고귀한 이상의 뿌리가 송두리째 뽑혀도, 그 자리에서 달아나지 않기 위해, 자신을 포기하지 않기 위해 온 생애를 바쳐 수련하고 또 수련했다. 그래서 큰 고난을 만나더라도 자리를 피해 모면하거나 곁눈질로 흘낏 바라보는 게 아니라, 두 눈을 뜨고 직시하라는 자신의 진솔한 경험을 우리에게 가르쳐주었다. 다가오는 상황을 좋거나 나쁘게 여기는 게 아니라 그것을 조건 없이 무심하게 체험할 때, 그 체험이 온전히 실현된다는 것을 가르쳤다.

진리를 구하는 길에서 우리도 그처럼 용감하기를 기원한다.

이원적 대립을 부수어라.
내·외부에서 일어나는 분쟁의 습관을 녹여라.

우리가 수행을 하는 까닭은 인생이라는 무거운 짐을 덜고, 끝없는 고통에서 벗어나기 위해서다. 우리가 짊어진 짐은 바로 탐욕과 무지, 두려움, 적대감에서 비롯된 좁아터진 마음이다. 또한 우리와 함께 살아가는 사람들, 일상에서 겪는 사건들, 무엇보다 자신의 성격 자체가 인생의 무거운 짐으로 작용한다.

우리는 수행을 통해서 삶이 매 순간 기쁨으로 이어지며, 기쁨만 누리기 위해 문을 닫아걸 필요가 없음을 깨닫는다. 우리는 태어나면서부터 부여받은 권리, 즉 근원적인 지혜를 향해 깨어난다. 그제야 비로소 우울이나 걱정, 원망이라는 짐을 훌훌 벗어버리고, 하늘처럼 드넓고 바다처럼 광활한 삶을 실감한다. 그 안에는 마음을 풀어놓고, 느긋하게 쉬며, 이리저리 헤엄치는 여유가 있다. 기준점조차 사라진 망망대해에서 우리는 한없는 자유를 맛볼 수 있다.

그런데 인생이라는 짐을 진다는 부담은 어떻게 처리하면 좋을까? 당연히 누려야 할 행복을 가로막는 장애물은 또 어떻게 제거해야 할까? 마음을 편안하게 만드는 법이나 근원적인 기쁨에 다가가는 법은 어떻게 배울까?

누구나 세상을 살기는 쉽지 않다. 삶 속에서 깨달음은 사치나 이상이 아니다. 인생에서 꼭 필요한 필수품이다. 지금 겪는 고통만으로도 괴로운데 거기에 절망이나 분노를 더 보탤 필요는 없다. 어려운 때일수록 그 시기를 온전하게 보내는 법을 익혀야 한다. 우리가 발 디디고 있는 지구가 간청하는 메시지다. 저마다 지닌 근원적인 기쁨과 만나 내면 깊숙이 자리한 본래 마음자리를 찾으라고 말이다. 이것이야말로 온 세상을 두루 이롭게 하는 최선의 길이다.

불교에는 위기를 통해 깨달음으로 나아가는 세 가지 수행 기법이 전한다. 첫 번째는 저항을 멈추는 것이다. 두 번째는 독을 오히려 약으로 사용하는 것이다. 마지막 세 번째는 매사를 깨어 있는 지혜로 바라보는 것이다. 그럼 좀 더 자세히 설명해보자.

첫째, 저항을 멈추는 기법은 '사맛다 – 위빠사나shamatha-vipashyana'

로 불린다. 이 수행은 명상할 때 마음에서 일어나는 모든 것을 직시하고, 그것들을 향해 '생각'이라고 이름 붙이며, 끊임없이 호흡의 단순성과 즉시성으로 되돌아가는 것을 말한다. 몇 번이고 반복해 개념에서 벗어난 청정한 마음자리로 되돌아가는 것이다. 이 명상을 하는 까닭은 우리가 이원론적인 사고에서 비롯된 모든 싸움, 즉 상황이나 감정 그리고 기분과의 싸움을 그치기 위해서다. 이로써 우리는 무슨 일이든 비판하지 않는 투명한 시선으로 바라보게 된다. 이 기본적인 가르침이야말로 일상생활과 명상을 통해 우리가 습득해야 마땅한 교훈이다.

이 가르침은 모습만 바꾸며 찾아오는 삶의 끝없는 불편함을 다룰 때도 효과적이다. 다가오는 것이 사람이든 사물이든 사건이든, 마음에 떠오르는 생각이나 느낌을 있는 그대로 바라보고 알아차리면 된다. 욕을 하지도 말고, 돌을 던지지도 말고, 눈을 돌리지도 마라. 아울러 스스로 꾸며대는 드라마도 모두 놓아버려라. 마음의 본래 성질에는 치우침이란 없다. 세상 만물은 그저 나타났다가 사라지기를 반복할 뿐이다. 그것이 세상 이치다. 이것이야말로 인생의 고통에 대처하는 가장 기본적인 기법이다. 세상살이의 고통이든 가정생활의 고통이든, 어떠한 어려움이든 이렇게 대처하면 된다. 다가오는 게 무엇이든 맞서 싸우지 말고, 적대감도 가지지 않으며, 그저 본래 진면목을 알아차려라. 물론 이 방식으로 뭔가를 성취할 수는 없다. 우리를 이기게 하는 '싸움의 기술'도 아니다. 그저 다가오는 게 무엇이든 저항하지 않고, 있는 그대로 알아차리고 편안하게 머무는 것이 수행임을 상기하는 과정이다. 좌선을 할 때 이 기법을 마음에 새기고 수행을 하라. 그런 태도가 일상생활에도 배어들게 하라.

이 가르침을 새기면, 나를 겁주던 것들을 집으로 초대해 마음을 터놓고 놀자고 청하는 듯한 기분이 든다. 수행하는 동굴로 찾아온 마구니들에게 다음과 같은 게송을 들려주었다는 밀라레파처럼 말이다.

"마구니가 나를 찾아주니 너무 기쁘네. 오늘만 찾지 말고, 내일도 꼭 찾아주기를 바라네. 부디 앞으로도 나와 더불어 친하게 지내세."

우선 마음속 악마와 사귀는 것부터 시작하라. 그럼으로써 우리는 일상에서 마주치는 두려움이나 위협 앞에서도, 정신을 잃지 않고 온전히 대화하는 지혜와 자비심을 키우게 된다.

티베트 불교의 훌륭한 비구니 중 한 명인 마칭 라브드론Machig Labdron은 이런 관점을 철저하게 닦은 수행자다. 그녀는 자기 스승에게서 마구니가 찾아오면 쫓아버리지 말고 오히려 자비를 베풀라고 배웠고, 그 가르침을 충실하게 따랐다. 그녀는 자신의 제자들에게도 이렇게 지도한다.

"역겹다고 느껴지는 것에 가까이 다가가고, 도저히 도와줄 수 없을 것 같은 사람에게 도움을 건네며, 자신을 두렵게 만드는 곳이 있거든 그리로 가라."

이러한 삶의 자세는 명상을 할 때 자기 마음에서 일어나는 것들과 싸우지 않고 너그럽게 받아들이는 수행에서부터 비롯된다.

이제 독을 약으로 삼는 법을 알아보자. 이는 숨을 멎게 하는 독약처럼 고통스럽게 다가오는 상황을 깨달음의 연료로 이용하는 것이다. 이런 관점을 잘 반영한 수행법이 앞서도 말한 '통렌 명상'이다. 이 명상은 어떠한 어려움이 찾아오든 그것을 호흡과 함께 들이마시는 것이다. 어떤 종류의 갈등이든 혐오든 부끄러움이든 아픔이든, 그것을 없애거나 무시하지 말고 송두리째 들이마셔라.

우리 마음에는 세 가지 독성이 있다. 첫째는 무언가를 갈망하고 욕심을 내는 탐욕이요, 둘째는 공격성으로 표현되는 분노요, 셋째는 진실을 외면하거나 마음의 문을 닫아 거는 무지에서 비롯된 어리석음이다. 우리는 이런 독성이 나쁘니 피해야 한다고 여긴다.

하지만 통렌 명상에서는 다르다. 오히려 이 독성이 자비와 열린 마음의 씨앗이 된다고 여긴다. 그래서 고통이 일어나면 통렌 명상에서는 생각을 있는 그대로 내버려두고, 호흡과 함께 고통을 들이마시라고 가르친다. 당신이 지금 느끼는 분노와 원망, 외로움

뿐만 아니라 지금 이 순간 누군가가 느끼고 있을 분노와 원망, 외로움까지도 말이다.

그러니 고통을 밀쳐버리거나 거기에서 달아나지 마라. 그것을 들이마심으로써 모든 존재와 온전히 하나가 되어라. 모든 존재가 고통에서 벗어나기를 기원하며 숨을 들이마셔라. 그런 다음 숨을 내쉬면서 탁 트인 열린 공간의 느낌, 신선하고 후련한 마음을 내보내라. 모든 사람이 편안해지고, 내면의 근원에 이르기를 기원하며 숨을 내쉬는 것이다.

우리는 어렸을 때부터 이런 말을 듣고 자랐다. "이 사람은 이게 잘못됐고, 저 사람은 저게 잘못됐고, 여기엔 이런 문제가 있고, 저기엔 저런 문제가 있고……." 이 세계관에 따르면 세상에 완전한 것은 하나도 없다. 마음 놓고 다가오는 대로 받아들였다가는 날카로운 가시에 찔리고 쓰디쓴 고통에 질겁할 것이다. 또한 세상은 시끄럽고, 약하고, 날카롭고 너무 맥 빠질 것이다.

'이렇게 문제가 있고, 잘못됐고, 결함이 있으니, 마땅히 우리가 바로잡아서 개선해야 옳다.' 우리는 무의식중에 이런 신념을 강화하며 살아왔다.

하지만 통렌 명상의 관점은 다르다. 통렌 명상의 핵심은 이원론적인 대립을 부수고, 우리 내부와 외부에서 일어나는 분쟁의 습관을 녹인다. 이 가르침을 통해 우리는 위기를 만났을 때 뒷걸음질치지 않으며, 오히려 가까이 다가가는 법을 배운다.

　사실 세상에서 일어나는 모든 일은 의미나 필요가 있다. 일어나는 모든 일은 요긴한 수행의 수단일 뿐 아니라, 깨달음의 길 자체다. 우리는 자신이 하는 모든 경험을 수행의 도구로 사용할 수 있다. 내면의 고민이나 갈등은 물론이고 외부에서 펼쳐지는 사건역시 모두 훌륭한 수행의 길잡이다. 그것은 우리가 어느 지점에서 현실을 알아차리지 못하고 꿈꾸는지 깨닫게 하며, 벼락을 맞은 것처럼 우리를 단박에 꿈에서 깨어나게 한다.

　그러므로 독을 약으로 삼으라는 가르침은 어려운 상황을 통해나와 남을 동시에 돌아보는 진정한 사랑을 일깨우라는 것이다. 내가 그렇듯 다른 이들도 아픔 속에서 자신을 발견한다. 마음을 다스리는 방법을 모은 경전인《명상요결(lojong)》에는 이런 구절이나온다.

　"세상이 악으로 가득할 때 모든 재난과 어려움이 깨달음의 길이 되어줄 것이다."

마지막으로 세 번째 수행 기법을 이야기해보자. 그것은 매사를깨어 있는 지혜의 눈으로 바라보는 것이다. 여기서 깨어 있는 지혜의 눈이란 세상 만물을 깨달은 에너지의 현현顯現으로 바라보는 관점이다. 세상은 이미 성스러우며, 우리는 모두 깨달은 존재들이다. 세상 만물을 깨달은 에너지의 현현으로 바라보라는 가르침을 설명하기 위해 흔히 티베트의 조장대鳥葬臺를 예로 든다.

티베트에서 조장대란 우리의 묘지와 같은 개념이다. 하지만 우리네 묘지처럼 단장된 모습은 아니다. 고운 잔디로 무덤을 덮지도 않고, 좋은 글귀를 새기거나 천사로 장식한 비석을 세우지도 않는다. 티베트의 조장대는 말 그대로 사람이 명을 달리하면 독수리의 먹이로 삼기 위해 그 위에 시신을 올려두는 곳이다. 티베트의 기후가 춥기 때문에 조장대 역시 항상 얼어붙어 더욱 을씨년스러운 분위기를 자아낸다. 조장대는 보기만 해도 섬뜩하며 온갖 악취로 들끓는다. 언제나 사람의 눈알이나 머리카락이 뒹굴고, 뼈와 시신의 일부가 사방에 널렸다. 나는 티베트에 대한 어느 책에서 사람들이 조장대로 시신을 운구하는 사진을 본 적이 있다. 조장대 주위에는 아직 채 자라지 않은 새끼 독수리들이 흡사 서너 살배기 아이들처럼 몰려들어 시신이 오기를 기다리고 있었다.

주변에서, 티베트의 조장대와 가장 흡사한 곳을 찾는다면 아마 병원 응급실일 것이다. 그곳은 인간계가 어떻게 운행되는지 적나라하게 확인할 수 있는 영역이다. 피비린내와 약물 냄새가 진동하며, 생사가 어떻게 될지 한치 앞을 가늠하기 어렵다. 동시에 그곳은 스스로 빛을 발하는 지혜의 공간이며, 우리 마음에 청정하고 유익한 자양분을 제공하는 공간이기도 하다.

세상 만물을 깨달은 에너지의 현현으로 여기려면 우리의 뿌리 깊은 습관부터 바꿔야 한다. 그것은 갈등에서 도망치는 습관, 매사를 순탄하고 멋지게 단장하려는 습관, 현재의 자신을 불완전한 존재로 느끼며 어떻게든 더 낫게 만들어야 한다는 습관이다. 또 고통의 원인은 잘못을 저질렀기 때문이며 따라서 좀 더 잘하면 삶에서 고통을 추방할 수 있으리라는 착각을 증명하려는 습관도 있다. 하지만 내가 앞서 말했던 독을 약으로 삼는 두 번째 수행 기법은 이런 습관들을 완전히 뒤엎는다. 또한 우리 삶에 놓여 있는 조장대 바라보기에 흥미를 가진다면 깨달음을 얻는 기본 토대가 될 것이다.

우리는 일상생활 중에도 쉽게 공포에 질린다. 누군가와 말다툼을 하거나 기대했던 일이 엉망이 될 때면 심장이 불안하게 뛰고 뱃속도 요동친다. 어떻게 하면 이런 공포의 드라마를 피하지 않고, 그 속으로 뛰어들 수 있을까? 때로는 희망의 모습으로 때로는 두려움의 모습으로 다가오는 마구니들을 어떻게 다루면 좋을까? 어떻게 하면 나 자신과의 소모적인 싸움을 멈출 수 있을까?

티베트 승려 마칭 라브드론은 자신을 두렵게 만드는 곳이 있다면 그리로 가라고 우리 등을 떠민다. 하지만 우리가 과연 그렇게 할 수 있을까? 우리는 두려움이나 불편함을 의식적으로 알아차리기도 전에 본능적으로 회피해버린다.

따라서 우리는 자신을 장점과 단점, 착한 면과 나쁜 면 등으로 나누는 습관에서 벗어나려고 노력해야 한다. 우리가 겪는 내면적인 갈등이나 외부적인 분쟁은 모두 뭔가가 잘못되었다는 느낌, 자신에 대한 수치심이나 죄의식에서 비롯된다. 우리는 그것을 향해 가까이 다가가야 한다. 생각으로 생각의 근원을 향해 파고들어라. 나와 남, 이것과 저것, 여기와 저기 사이에 존재하는 이원성을 녹여 없애야 한다.

앞에서 언급했던 세 가지 수행은 자기 자신에 대해 부끄러워하지 않도록 우리에게 용기를 준다. 창피할 것은 하나도 없다. 그것은 마치 토속음식과도 같다. 유태인들이 즐기는 마초 빵이나 인도 전역을 감싸고 있는 카레 향, 아프리카계 미국인들이 좋아하는 치틀린, 미국인의 생활에서 빼놓을 수 없는 햄버거처럼 자랑스럽게 내보일 수 있다. 혼란은 우리 내면의 고향과도 같은 곳이다. 더 높고 더 순수한 것을 찾지 마라. 우리는 지금 그대로 완벽하다. 지금 그대로 머물러라.

내가 나라고 생각하는 나, 이것이야말로 나의 터전이다. 그러니 자신의 터전을 부끄러워하지 마라. 인생이라는 이름의 이 조장대는 바로 지혜가 모습을 바꾸어 현현한 것이다. 그것은 자유의 토대를 이루는 동시에 혼란의 토대를 이룬다. 매 순간 우리는 선택할 수 있다. 어떤 길을 갈 것인가? 내 존재의 거칠고 순수하며 적나라한 측면을 어떻게 다룰 것인가?

또한 세 가지 수행 기법은 혼란을 다루는 실질적인 방법이다. 즉 저항을 멈추고, 독을 약으로 삼고, 세상 만물을 신성의 현현으로 바라보라는 가르침이다. 그러기 위해서는 첫째, 자신이 꾸며낸 이야기로부터 자유로워지는 훈련이 필요하다. 삶의 속도를 늦춰 지금 이 순간에 머물고, 숱한 비판이나 음모를 놓아버리고, 대립을 멈추어야 한다.

둘째, 고통에 대해 예전과 완전히 다른 관점을 가지고 살아가야 한다. 밀쳐내는 대신 송두리째 들이마셔라. 온 세상 모든 존재의 고통을 들이마시고, 온 세상 모든 존재를 향해 평화와 행복을 내보내라. 그러면 차츰 고통은 기쁨으로 전환될 것이다.

셋째, 인생의 혼돈과 고통을 자연스럽게 받아들이는 것이다. 여기의 혼란과 저기의 혼란이 모두 세상의 근원적인 에너지며 지혜의 현현이다. 그것을 어둠이나 고통으로 바라보는 것은 전적으로 우리의 인식에 달려 있다.

여기에 한 가지 조언을 덧붙이자면, 부디 마음을 비우고 홀가분해지는 시간을 가져라. 아침에 자리에서 일어나 잠이 들 때까지, 틈틈이 이것을 의식적으로 연습하라. 또한 유머 감각을 기르고, 자신에게 휴식을 주는 법을 익혀라. 명상은 이 모든 것을 종합

적으로 터득하게 해주는 훌륭한 방법이다. 그것은 홀가분해지는 수련이며, 탁 트인 유머 감각을 갖게 하는 수련이고, 편안하게 쉬는 방법을 배우는 수련이다. 어느 수행자가 이런 말을 했다.

"자신의 기준을 내려놓고, 지금 있는 그대로 편안해져라."

바로 내가 하려는 말이다!

모든 것을 기꺼이 버릴 수 있기 전에는
세상을 온전하게 경험할 수 없다.

지금 바로 시작하라 _{스물}

불교에서 제시하는 수행은 한 치의 게으름도 용납하지 않는다. 아직 시간이 많으니 나중에 해도 충분하다는 생각이야말로 최고의 미신이자, 최대의 장애며, 최악의 독毒이다. '나중에 하면 된다'는 식의 사고는, 지금 이 순간에서 도망치려는 뿌리 깊은 습성과 힘을 합쳐 우리의 인식과 생각까지도 흐려놓는다.

만약 우리가 오늘밤 갑자기 앞이 안 보이게 된다면 어떨까? 아마 그날 보는 풀잎 하나, 구름 한 조각, 빗물 한 방울, 티끌 하나까지도 처음 보듯 온 마음을 담아 볼 것이다. 또 머지않아 귀가 먼다면 어떨까? 귀에 들릴 듯 말 듯한 작은 소리까지 금은보화처럼 귀하게 여기고 정성을 기울이지 않겠는가.

이런 어리석음을 경계하기 위해 금강승불교는 우리가 인간으로 태어난 것이 얼마나 소중한 기회인지를 다양한 방법으로 일깨운다. '금강승불교(vajrayana)'란 인도를 비롯한 인접 국가, 특히 티베트에서 독특하게 발전한 불교 형태로, '번개(vajra)의 수레(yana)'라는 의미를 갖고 있다. 이는 번뇌를 단숨에 끊는 깨달음의 번개를 가리킨다.

금강승불교에는 '삼매야samaya, 三昧耶'라는 전통이 있다. 스승이 제자에게 내리는 계율로 두 사람을 단단하게 결속시키는 장치다. 제자는 이때부터 자신의 모든 경험을 수행의 여정에 바친다는 약속을 한다. 삼매야의 관계를 맺기 전까지 제자는 특정 기간 동안 수많은 스승에게 다양한 질문을 던진다. 이는 스승과 삼매야를 맺을 준비가 돼 있는지 제자 스스로 확인하는 과정이다. 이 과정을 거쳐 제자가 스승을 완전히 받아들이고 믿을 준비가 되었다고 선언하면, 스승도 제자를 받아들이고 서로 '삼매야'라고 부르는 무조건적인 관계를 맺는다.

　이 관계는 한 번 이뤄지면 제자가 아무리 방황해도 스승은 절대 제자를 포기하지 않는다. 제자 역시 무슨 일이 벌어져도 스승을 떠나지 않는다. 스승과 제자가 서로 굳게 연대하는 것이다. 깨달음을 향해 함께 용맹정진하기로 조약을 맺은 것처럼. 그래서 삼매야를 "성서러운 선서"나 "성스러운 헌신"으로 정의한다. 하지만 삼매야 자체가 성스러운 건 아니다. 그것은 그저 절대 파괴되지 않는 온전한 신성을 향한 헌신이다.

어찌 보면 삼매야는 현실에서의 결혼 또는 현상계와 맺는 결혼과 같다. 그것은 하나의 속임수다. 이 결혼에는 조금의 기억상실증 같은 측면이 있기 때문이다. 우리는 자유의지를 가지고 배우자를 선택해 결혼한다고 생각하지만 사실은 이미 결혼해 살고 있으면서 그것을 망각했을 뿐이다.

삼매야도 그와 비슷하다. 우리는 자신이 깨달음의 길에 헌신할지 안 할지 선택권을 가진다고 생각한다. 하지만 진리를 알아차리면 모두 착각이었음을 깨닫는다. 사실 우리에게 선택이란 없었다. 다만 삼매야는 속임수이긴 하지만 자비롭다. 우리는 그 속임수로 수행의 길에서 도망칠 수 있는 탈출구 따위는 없음을 깨닫는다. 지금 이 순간보다 깨닫기에 완벽한 기회는 없다. 지금 내가 가진 의식보다 더 차원 높은 의식은 없다.

삼매야란 금강승불교의 스승들이 여가 시간에 순전히 재미로 만든 속임수다. 그들은 이렇게 생각했을 것이다.

'늘 헷갈려 하고, 정신 못 차리고, 당최 길이 안 드는 이 존재들에게 어떻게 하면 자기들이 이미 깨달았다는 것을 일깨워줄 수 있을까? 어떻게 하면 깨달음의 길에는 선택의 여지가 없음을 알아차리게 하며 골탕을 먹일 수 있을까?'

삼매야의 관점에서 보면 대안을 찾아 헤매는 것이야말로 이미 우리가 성스러운 세계에 있음을 깨닫지 못하는 유일하고도 강력한 장애물이다. 우리는 언제나 지금보다 더 나은 볼거리와 들을 거리를 찾고, 지금보다 기분이 더 낫기를 바란다. 늘 그렇게 대안을 구하기 때문에 그대로의 삶 한가운데 확고하게 서 있지 못한다. 늘 대안을 구하기에 현재 살아가는 그 삶이 바로 성스러운 '만다라Mandala曼茶羅(Manda는 '진수' 또는 '본질'이란 뜻이며, la는 '변한다'는 뜻이다. 만다라의 본래 의미는 본질이 여러 가지 조건에 의해 끊임없이 변화하는 이치를 말하며, 나중에는 이와 같은 의미를 담은 불화를 가리키는 것으로도 확장되었다. ─옮긴이)'임을 깨닫지 못하는 것이다. 우리는 늘 '지금 여기'에서 빠져나오려고 발버둥친다. 현실을 족쇄로 여기며, 자신을 곤충 표본 같은 신세라고 여긴다. 이것이 우리의 뿌리 깊은 습관이다.

금강승불교는 삼매야를 다양한 모습으로 묘사한다. 표현은 제각각이지만 가리키는 바는 딱 하나다. 우리가 이미 실체와 한 몸이라는 사실이다. 이 한결같은 가르침은 우리를 선택의 여지가 없는 진리를 향해 몰아붙인다. 우리가 그것을 똑똑히 직시하도록 만든다. 반대편으로 그저 한 뼘만이라도 달아나고 싶어도 별 수 없다. 우리는 항상 '지금 이 자리'에 머물러야 한다. 그것이 성스러운 세계로 들어가는 유일한 입구다. 그러니 어떻게든 지금 있는 자리를 모면한 후, 어딘가 더 나은 곳에 정착하겠다는 생각을 버려라. 대신 지금 그 자리에서 편안해져라. 피로와 소화불량, 불면증, 짜증, 신경질 그 무엇이라도 좋다. 있는 그대로 편안해져라.

가장 중요한 삼매야는 몸과 말, 마음이다. 몸의 삼매야는 형태의 삼매야며, 눈에 보이는 모든 것이 삼매야다. 우리는 눈에 보이는 모든 것에 묶인다. 기본적으로 육체에 집착하며, 형태에 사로잡히고, 눈에 보이는 모든 것을 절대 포기하지 못한다. 몸과 말 그리고 마음의 삼매야는 강물이 흐르듯 우리 삶에서 쉼 없이 이어진다. 하지만 그것은 우리의 평소 체험과는 다르다. 평상시에는 인식이 선명해지려는 순간, 우리가 그 지점에서 뛰쳐나와 탈출해버리기 때문이다.

세상은 늘 이런 식으로 자신을 드러낸다. 세상은 언제나 손짓하며 윙크를 보낸다. 그런데도 우리는 자신에게만 몰두해 그 밖의 세상은 있는 그대로 바라보지 못한다. 우리가 인식의 순간에 뛰쳐나가지 않고 제자리를 지킨다면, 세상 모든 것이 훨씬 선명해지고 확실하게 눈에 들어올 것이다. 동시에 모든 것이 투명하게 보이며, 눈에 보이는 게 실체가 아님을 구체적으로 알 것이다.

나는 무슨 거창한 형이상학을 이야기하는 게 아니다. 그저 우리 눈앞에 펼쳐진 세상을 바라보는 일을 말할 뿐이다. 우리 앞에 있는 사람의 머리카락을 관찰해보라. 그것이 청결한지 더러운지, 가지런한지, 뒤엉켰는지 말이다. 아니면 나무 위에 앉은 새를 바라봐도 좋다. 빛깔, 생김새 혹은 입에 뭔가 물고 있는지 바라보라. 세상을 감각적으로 인식하는 이 행위는 고통스러운 '윤회의 사슬'을 끊고, 우리를 밖으로 탈출시키는 힘이 있다.

지금 그 자리에 머물라. 어디로도 도망치지 마라. 우리의 모든 경험이 더 생생하고 투명해질 것이다. 세상이 끊임없이 일러주는 '한 소식'을 알아차리게 된다. 그것은 해석하기 힘들다. 만물이 제 스스로 말을 하기 때문이다. 이때 하는 말은 우리가 생각하는 상징이나 비유 따위가 아니다. 빨간 색이 정열을 의미한다거나 생쥐가 쥐구멍을 들락거리는 것이 산만함을 암시하는 게 아니다.

빨간색은 빨간색일 뿐이며, 의자 뒤에서 고개를 내미는 생쥐는 의자 뒤에서 고개를 내미는 생쥐일 뿐이다. 어떠한 것에서도 왜곡되지 않은, 있는 그대로의 진실을 보는 것이다.

소리도 마찬가지다. 아침에 우리를 잠에서 깨우는 자명종 소리에서부터, 남편이 밤새 코를 고는 소리에 이르기까지, 모든 소리가 우리에게 진리를 일깨운다. 우리는 정적을 깨고 자명종이 울렸을 때 소스라치게 놀란다. 마치 이제까지는 소리란 게 세상에 존재하지 않았던 것처럼 말이다. 공책에 글을 쓸 때 펜이 미끄러지는 소리를 들어본 적 있는가? 지금 당신이 손에 쥐고 있는 이 책의 책장을 넘기는 소리는 어떤가? 자신의 목소리에 귀 기울여 본 적은 있는가?

내 목소리를 듣는 일은 참 흥미롭다. 내 목소리인데도 꼭 다른 사람의 목소리처럼 들린다. 내가 말하는 소리가 어떻게 주위로 퍼져나가 어떻게 다른 사람의 귀에 전달되는지만 제대로 알아차려도, 우리는 윤회의 사슬에서 빠져나가는 깨달음을 얻을 것이다. 심지어 혼자 있을 때 하품하는 소리나 방귀 소리 역시 우리에게 진리를 일깨운다. 또 멀리서 들리는 경적 소리, 뭔가가 긁히는 소리, 킥킥대며 웃는 소리, 껌 씹는 소리, 목으로 꿀꺽꿀꺽 물을 마시는 소리처럼 사소하고 하찮은 소리들 역시 우리에게 심오한 진리를 일깨운다.

삼매야의 관점에서는 우리가 자신의 생각을 결부시키지 않는다면 모든 소리가 더 생생하고 투명해진다고 말한다. 즉, 어떤 소리가 더 듣기 좋다든지, 짜증스럽다든지, 시끄럽다든지, 지겹다고 느끼지 않는다면 귀에 들리는 모든 소리가 더욱 생생하고 투명해질 것이라는 얘기다.

마음도 마찬가지다. 수행을 통해 계속해서 자신을 관찰하다보면, 생각이 좀 더 정확해지며 거기에 실체가 없다는 것을 확연히 알아차리게 된다. 마음의 차원에서는 뭔가를 옳거나 그르게 만드는 행위가 삼매야를 깨는 일이다. 우리는 자기에게 선택권이 있다고 생각한다. 그래서 눈앞의 것은 하나도 해결하지 않은 채, 다른 대안을 찾아 나서겠다고 작정한다. 그런데 마음의 차원은 어떤 문제에 대한 해답을 반드시 찾아야 한다는 생각이 삼매야를 깨는 행위다. 항상 어딘가 문제가 있다고 생각하는 태도나 문제가 있으면 해답도 있을 거라는 생각도 마찬가지다. 이 정도만 살펴봐도, 삼매야를 지키는 게 얼마나 어려운 일인지 잘 알 것이다.

금강승불교의 전통에서 '삼매야의 계율'을 지키는 것은, 흔히 거울을 끊임없이 닦고 또 닦는 일에 비유된다. 으레 그렇듯 거울은 닦자마자 먼지가 앉는다. 이처럼 삼매야는 잠깐만 방심해도 금방 흐트러진다. 그렇다고 낙심할 건 없다. 어서 '지금 이 순간'으로 돌아오라는 익숙한 가르침을 따른다면, 금세 회복할 수 있다. 초감 트룽파가 쓴 《마하무드라의 수행법(Sadhana of Mahamudra)》이라는 책에는 몸과 말, 마음의 삼매야가 다음과 같이 멋지게 묘사되어 있다.

"눈에 보이는 세상 만물은 모두 공空 안에 존재하는 비실체다. 하지만 그것 또한 엄연한 실체다. 일상의 이런 평범한 감각이 모두 스승의 모습이요, 소리요, 냄새요, 감촉이다. 우리가 하는 모든 생각과 기억은 그게 좋든 나쁘든, 마치 새가 하늘 속으로 사라지듯이 공 속으로 사라진다."

이런 식으로 끊임없이 솟아나는 우리 생각이 바로 스승이다. 이 지점에서 우리는 자신이 하는 경험과 깨달음이 분리될 수 없다는 사실을 받아들인다. 그 무엇도 지금 이 순간 내가 하는 경험을 대신할 수 없음을 알게 된다. 지금 이 순간 우리가 하는 경험이 유일한 경험이다. 그리고 그 경험이야말로 우리를 진리로 인도해줄 스승이다. 금강승불교에는 다음과 같은 유명한 가르침이 전한다.

"금강승불교 수행자는 항시 두려움 속에서 살아야 한다."

온 마음을 바쳐서 깨어 있어야 하는데, 아직 거기에 익숙하지 않은 탓이다. 그래서 편안하게 깨어 있지 못하고, 깨어 있어야 한다는 강박관념으로 스스로를 불안하게 만드는 것이다. 나 역시 그런 경험이 있다. 어느 날 수행을 몇 시간 동안 계속하는데, 나중에는 온 신경이 곤두서서 숨이 막힐 지경이었다. 모든 것을 알아차리기는커녕 모든 것에 짜증이 나서 먼지 한 점만 봐도 신경이 날카로워졌다. 나는 이 경험을 스승에게 털어놓았다. 스승은 정신을 온전하게 유지하는 데 아직 익숙하지 않은 탓이라고 설명했다.

삼매야에서 자주 등장하는 개념 중에 '헌신'이 있다. 여기서의 헌신은 몸과 마음을 바쳐 전력하는 것을 말한다. 이것은 신성에 대한 헌신이며, 자신이 하는 경험에 대한 헌신이고, 현실에 대한 무조건적인 헌신이다. 사람들은 그런 것이야말로 자기들이 늘 갈망하던 거라고 입을 모은다. 즉, 누군가가 자신을 무조건적으로 사랑해주고, 자기도 누군가를 무조건적으로 사랑하는 그런 절대적인 관계를 바란다는 것이다.

하지만 그것은 자기기만에 불과하다. 우리가 기꺼이 무조건적인 관계를 맺을 때는 그것이 자기가 바라는 조건에 부합할 때만 그렇다. 타인과 오랜 관계를 지속해본 사람은 한계가 저절로 드러난다는 것을 안다. 그런 한계 상황에서 우리가 해야 할 과제는 자신이 처한 현실에 진정으로 머무는 것이다. 가슴이 쿵쾅쿵쾅 뛰거나 무릎이 후들거리거나 아니면 무슨 일이 일어나더라도 제자리를 지켜야 한다. 하지만 확신을 가지고 말하건대, 자기가 원할 때면 즉시 빠져나올 수 있는 작은 비상구마저도 없는 곳에 기꺼이 머무르는 사람은 거의 없다.

나는 1960년대 뉴멕시코 주에서 산 적이 있다. 당시 나는 미국 원주민(아메리카인디언)들이 하는 '습식 오두막(Sweat Lodges, 명상이나 치유를 목적으로 증기 목욕을 하는 곳. 우리의 습식 사우나와 유사함 – 옮긴이)'에 자주 갔다. 거기에 갈 때면 반드시 문 옆에 앉았는데, 너무 더우면 즉시 나올 수 있기 때문이다. 이런 종류의 사우나는 더운 공기가 실내를 가득 채우고, 온도가 높아지면 이러다가 죽겠다는 기분까지 든다. 그런데 문 옆에 앉으면 그런 불안감은 없다. 결심만하면 언제든 나간다는 생각에, 제법 오래 버틸 수 있었다. 어쩌면 내가 문 옆이 아니라 방 안 깊숙이 자리를 잡았더라도 괜찮았을지도 모른다. 다만 심리적으로 불안해 사우나를 느긋하게 즐길 수 없다는 게 문제였다.

하지만 삼매야에서는 사우나처럼 문 옆에 앉기 힘들다. 그런 탈출구를 염두에 두는 한 진정한 경험 속으로 녹아들 수 없기 때문이다. 이것이 바로 궁극적인 속임수다. 그래야만 우리는 자신이 경험하는 것을 진정으로 경험할 수 있다. 그것만이 세상에 실재하는 성스러움 속으로 들어가는 유일한 입구다.

우리는 이런 삼매야의 가르침을 따르기 위해 이런저런 마음의 준비를 한다. 마음이 아직 혼란스럽고 길들여지지 않았기에 명상과 법문으로 스스로를 길들인다. 가르침을 가슴으로 받아들이고, 그것을 일상생활에 실천하면서 수행은 점점 깊어간다. 신실한 노력을 통해 마음은 평온해진다. 그렇다고 우리가 갑자기 완벽해지는 건 아니다. '습식 오두막'을 예로 들면 언제라도 나갈 문 옆자리를 마다하고 방 안 깊숙이 자리 잡는 것도 아니다.

하지만 시간이 흐르면서 수행이 쌓이고, 세상과 존재에 대해 정직하고 지혜로운 의문을 가지면서 우리는 타고난 근원적인 지혜를 믿기 시작한다. 우리 내면에 지혜의 정수이자 자비의 정수가 있으며, 그것이 이기심이나 공격성보다 훨씬 강하고 근본적인 것임을 알게 된다. 수행을 통해 우리는 마음 깊이 감춰졌던 그 근원적인 지혜를 들추어낸다. 하늘과 태양이 늘 거기 있었지만 구름과 폭풍우가 오가는 바람에 가려졌음을 알아차리는 것과 같다. 숱한 우여곡절 끝에 스스로 존재하는 탈출구가 없는 마음을 맞아들일 준비가 갖춰진 것이다.

인도 수행자 나로파^{Naropa}는 마르파^{Marpa}라는 수제자가 있었다. 그는 겁쟁이도 구두쇠도 아닌 용감하고 배짱 좋은 사람이었다. 가령 마르파가 티베트에서 스승을 만나러 인도로 먼 길을 떠날 때도 가족들과 친구들은 동행할 사람을 붙여주려고 했지만 그는 일언지하에 거절했다. 그는 이미 오십이 넘었고 건강도 썩 좋지 않았는데도 말이다. 그런데 그런 마르파에게도 아주 작은 탈출구는 필요했던 모양이다. 그는 스승에게 황금을 바칠 때 아주 적은 양을 따로 챙겼다. 티베트 집으로 돌아갈 때 약간의 노잣돈이 필요할 거라는 생각에서였다. 사실 누구라도 그러지 않겠는가. 하지만 그 사실을 안 스승은 이렇게 말했다.

"그런 속임수로 나를 살 수 있다고 생각하느냐?"

놀란 마르파는 가지고 있던 모든 황금을 전부 꺼내서 스승에게 바쳤다. 나로파는 그 금덩이들을 허공에 던지면서 말했다.

"내게는 온 세상이 전부 금이다."

그 순간, 마르파는 실체의 차원을 어느 때보다도 생생하게 깨달았다.

우리는 모든 것을 기꺼이 버리기 전에는 세상을 온전히 경험하지 못한다. 삼매야는 아무것도 남기지 않고, 도망갈 곳을 미리 준비해놓지도 않는다. 대안도 구하지 않고 나중에 하면 된다며 미루지도 않는다.

어떤 면에서 삼매야라는 관계는 우리 마음을 누그러뜨리기도 한다. 한 사람의 스승과 관계를 맺든, 이 세상 자체를 절대적 스승이라고 여기고 관계를 맺든 말이다. 우리가 어떤 것에 휩쓸려 자신을 속일 수 없도록 마음을 누그러뜨려 유연하게 만드는 것이다. 이로써 우리는 귀와 눈이 멀지 않는 것이다. 세상 만물로부터 늘 '진리의 소식'을 들을 수 있다.

금강승불교에서 삼매야의 관계는 제자를 돕기 위함이다. 단지 한 사람이라도 무조건적인 관계를 맺는다면 우리는 이 세상과도 무조건적인 관계를 맺을 수 있음을 넌지시 알려준다. 이전까지는 언제라도 달아날 수 있다고 생각하지만, 일단 '삼매야'를 맺으면 무슨 일이라도 헌신을 다해 제자리를 지킨다.

마르파의 수제자는 밀라레파Milarepa다. 처음 밀라레파가 제자가 됐을 때 이 두 사람의 관계는 녹록치 않았다. 물론 밀라레파는 마르파가 자신을 깨달음으로 인도할 스승이라는 점은 조금도 의심하지 않았다. 그래서 스승에게 이렇게 말하기도 했다.

"제 몸과 마음과 말을 다하여 스승님께 온전히 헌신합니다. 제

있는 그대로의 모습을 깨달을 수 있도록 이끌어주십시오."

그때부턴 난관이 시작됐다. 진리에 귀의하기 전까지, 밀라레파가 엄청나게 많은 업장을 쌓았기 때문이다. 그는 복수심에 불타서 많은 사람을 죽였고 그래서 괴로움은 더 컸다. 그 무거운 짐을 내려놓기 위해 밀라레파는 숱한 시련을 감내해야 했다. 마르파는 제자의 처지를 이해하고 탑을 쌓으라고 지시했다. 그러고는 밀라레파가 탑을 거의 완성할 무렵, 그것을 다 부숴버리라고 고함을 질렀다.

그뿐만이 아니었다. 제자가 된 초창기에 밀라레파는 엄청난 고난을 겪었다. 스승 마르파는 아무런 가르침도 주지 않았다. 오히려 끊임없이 밀라레파를 모욕하며 계속 탑을 쌓으라고 말했다. 밀라레파는 손과 등이 짓무르도록 탑을 쌓았다. 하지만 그런 와중에도 밀라레파는 스승의 의중을 한 번도 의심하지 않았다. 실제로 겉으로 드러내지 않았지만 마르파는 온 마음을 다해 제자를 사랑했고, 그가 완전한 깨달음을 얻도록 돕고자 했다.

밀라레파가 자신을 버리고 온전히 주어진 상황에 헌신할 때마다 또 원망과 절망, 자존심을 버릴 때마다 오랫동안 짊어졌던 습관의 짐을 하나씩 벗었다. 마침내 때가 되자 그는 벗고 또 벗어 더 이상 벗어버릴 게 하나도 남지 않았다. 그러자 마르파는 그에게 가르침을 주었다. 사제 관계는 따스함과 자비가 가득 넘치는 새로운 국면으로 들어섰다.

이것은 모두 과정이다. 처음 수행을 시작할 때는 지금 이 순간에서 달아나는 습관이 너무 깊게 뿌리박혀 일부러 특별한 상황을 만들어 자기 자리를 지키는 연습을 한다. 우리 역시 명상으로 그런 연습이 가능하다. 처음 명상을 할 때 우리는 자신의 의식을 몸과 마음, 말에서 분리시키지 말라는 가르침을 받는다. 그 가르침을 지키며 해가 가고 또 가면, 바로 지금 이 순간 자신이 겪는 체험으로 돌아오는 수행을 한다.

정식으로 삼매야 서약을 하고 스승과 무조건적인 관계에 들어가는 일은 마치 자기 머리를 악어 아가리 속으로 밀어 넣는 것과 같다. 무슨 일이 일어나도 이 악어가 자신을 해치지 않음을 믿고, 그 자리를 떠나지 말아야 한다. 그렇게 되기까지는 오랜 수행이 필요하다. 나도 마찬가지였다. 그 과정은 매우 더뎠다. 처음 트룽파를 만나 그의 가르침을 들었을 때 이런 생각이 들었다.

'내가 도저히 진리를 속일 수가 없구나.'

그래서 나는 거주지를 옮겨 트룽파 곁에서 더 많은 시간을 보냈다. 트룽파를 가까이 접하는 과정에서 나는 많은 지혜를 얻었다. 비록 나는 진리를 향해 조금 더 가까이 갔지만 완전히 나를 놓지는 못했다. 스승은 나를 자주 두렵게 했으며 화나게 만들었다. 나는 정말로 트룽파를 스승으로 신뢰하는지 확신하지 못했다. 그를 스승으로 사랑하는지도 알 수 없었다. 한번은 안거가 시작될 때부터 끝날 때까지 트룽파의 사진을 들여다보며 내내 울었던 적이 있다. 아무리 해도 스승에게 마땅히 바쳐야 할 헌신의 마음을 낼 수가 없었던 것이다.

그러면서도 나는 스승에게 점점 더 가까이 다가갔다. 그는 내가 막혀 있는 지점이 어디이며 열린 곳은 또 어디인지를 털어놓을 수 있는 유일한 존재였다. 이따금 그는 내게 느닷없이 말을 걸었다. 군중 속에서나 업무 회의 때 등 도저히 그 순간을 예측하지 못했다. 그런데 그가 질문을 하거나 한 마디 말만 해도 나는 속마음을 들킨 듯 가슴이 덜컥 내려앉았다.

나는 트룽파의 제자가 된 지 오랜 시간이 흐르고, 금강승 수행을 시작한 지 한참이 흐른 뒤에야 한 점 의심 없이 온 생애를 바쳐 스승을 믿는다는 것을 깨달았다. 여느 수행자였다면 이미 스승과 삼매야 서원을 맺고도 남았을 시점이었다. 이제 그가 무슨 말을 하든 무슨 행동을 하든 초감 트룽파는 존재 자체로 나와 성스러운 세계를 연결하는 통로임을 알았다. 스승 없이 나는 무엇이 중요한지 실마리조차 잡지 못한다. 내가 스승의 가르침에 따라 살면서 수행이 더욱 깊어지자 나는 그의 한없는 자비와 도량을 느꼈다. 두렵기만 했던 악어의 아가리 속은 이제 내가 가장 머물고 싶은 유일한 곳이 됐다.

나는 삼매야라는 속임수를 통해 우리와 현상계와의 관계가 언제나 선택의 여지가 없는 것임을 깨달았다. 그렇다. 우리에게는 선택의 여지가 없다. 우리가 선택권을 가졌다는 '생각'은 그 자체가 하나의 에고였을 뿐이다. 에고 때문에 우리는 이미 성스러운 세계에 살아도 그 사실을 깨닫지 못한다. 또 우리가 선택권을 가졌다는 착각 때문에 우리는 스스로 눈을 가리고, 귀를 막고, 코를 막는다. 마음속에 자기만의 조건을 철저히 설정하는 것이다. 이를테면, 앉은 자리가 너무 뜨거워지면 바로 튀어 일어나는 본능도 스스로 설정한 조건 중 하나다. 여기가 바로 삼매야의 속임수가 필요한 지점이다. 일단은 뜨거운 자리에 앉아서 그 뜨거움을 경험하는 데 전념해야 한다. 정식으로 삼매야의 관계를 맺든 안 맺든 핵심은 바로 이것이다.

당신이 세상에서 진심으로 전념하고 싶은 일은 무엇인가? 살아가는 데 안전을 추구하는 것인가, 아니면 세상살이를 당신 뜻대로 통제하는 것인가? 그런 식으로 안전과 인정을 얻고 싶은가? 아니면 더욱 깊은 차원의 자비에 헌신하고 싶은가?

언제나 질문은 하나로 귀결된다. 당신은 무엇에 귀의하겠는가? 자기만족적인 행동과 말과 마음인가, 아니면 이제까지 머무르던 안전지대를 훌쩍 뛰어넘은 구도의 치열한 삶인가?

선사들은 우리더러 멈추라고 이른다.
무엇이든 낯선 일을 하라고 한다.

나를 완전한 존재로 인식하라

스물하나

사람마다 이유는 다르지만, 우리는 영적 수행(dharma, 法)과 거리를 두고 산다. 수행을 자기 개발을 위한 속성 코스나 뭔가 근사한 철학을 배우는 강좌 정도로 여긴다. 그래서 수행에 대한 이야기를 아무리 자주 들어도 어지간해서는 이를 활용할 엄두를 못 낸다. 설령 인생에서 장애물을 만나 고난을 겪더라도 마찬가지다. 가령 화가 나거나 상처를 받았을 때, 누군가를 향한 복수심에 타오를 때, 또는 모든 것을 다 팽개치고 자살을 하고 싶을 때, 우리는 명상이나 마음공부가 자신을 도울 거라고는 기대하지 않는다. 현실 문제를 해결하는 데는 그저 '계란으로 바위 치기'일 거라고 짐작한다. 모두 명상이나 마음공부를 실제 생활과는 동떨어진 것으로 여긴다.

이런 오해는 매우 광범위하게 퍼져 있다. 사람들은 명상이나 마음공부만으로 자신의 습관을 고치는 건 무리라고 말한다. 병원이나 상담소 같은 기관에 가서 치료를 받거나 좀 더 전문적인 모임에 가보는 게 낫다고 여긴다. 수행이 실제적인 혼란을 해결해주리라고는 도무지 생각하지 못한다.

물론 나 역시 수행자들에게 적절한 치료를 권할 때가 있다. 카운슬러나 심리치료사는 전문적인 기술을 가지고 있기 때문에, 사람에 따라 큰 도움을 준다. 예를 들어 모든 얘기를 비판하지 않고 들어주는 심리치료사를 만나, 밀접한 관계 속에서 치료를 꾸준히 한다면 내면의 두려움을 극복하고 자신에 대해 자비심을 키울 수 있다.

하지만 자신을 진정 혁명적으로 바꾸는 도구는 심리치료가 아니라 영적 수행이다. 더욱이 수행은 자신의 아름다움, 통찰력, 신경증, 고통 등 그 모든 것을 통째로 다루는 획기적인 도구다. 또한 그것은 우리의 정신적인 후원자 노릇을 톡톡히 한다.

그러나 여기에는 전제 조건이 따른다. 먼저 영적 수행을 자신의 문제와 동떨어진 철학이나 사변적인 이론으로 여기는 편견에서 벗어나야 한다. 우리 스스로 수행을 언제 어디서나 먹을 수 있는 맛있는 음식이나 문제가 생겼을 때 바로 적용하는 효험 좋은 약처럼 사용할 수 있어야 한다. 그러기 위해서는 가르침을 전적으로 믿고, 그것을 우리를 괴롭히는 악몽 속으로 가져가야 한다.

수행의 핵심은 습관을 고치는 일이다. 특히 마음의 습관을 고치는 게 중요하다. 어느 날 나는 분명히 깨달았다. 마음을 어떻게 사용하느냐에 따라 내가 처한 상황이 달라진다는 사실을 말이다. 우리는 살면서 부딪치는 상황에 대해 예전과 똑같이 낡고 해묵고 뻔한 습관적인 반응으로 일관한다. 그래서 우리는 감옥과 같은 갑갑한 인생을 산다.

내 경우 그런 상황은 돈 때문에 벌어졌다. 어느 날 나는 돈이 거의 떨어져 무척 초조한 적이 있었다. 마치 무거운 돌덩이가 머리를 짓누르는 듯한 기분이었다. 나는 두려운 마음으로 해결책을 궁리하느라 노심초사했다. 도저히 편안하게 있을 수가 없었다. 호수에 비치는 아름다운 석양이나 창밖으로 보이는 늠름한 독수리의 모습은 조금도 눈에 들어오지 않았다.

사실 이런 기분은 그리 낯선 경험이 아니었다. 언제나 나를 사로잡고 있는 익숙한 감정이었다. 그런데 무슨 까닭인지 그날 나는 그때까지 몰랐던 나 자신을 극적으로 알아차렸다. 어쩌면 몇 해 동안 이어온 수행이 쌓이고 쌓여서 일종의 결실을 맺은 것인지도 모른다. 명상을 하면서 번번이 의식이 엉뚱한 곳으로 튕겨 나갔지만 금세 '지금 이 순간'으로 돌아오는 연습을 되풀이한 결과일 수도 있다.

아무튼 그날 나는 알아차렸다. 습관적으로 움직이던 마음 깊은 곳에서 나 자신이 지금 무엇을 하고 있는지를 똑똑히 보았다. 뿐만 아니라 거기서 딱 멈췄다. 나는 그날 결심했다. 순간의 곤경을 모면하기 위해 습관적으로 떠오르는 망상들을 더 이상 따라가지 않기로 했다. 나는 불행을 모면하기 위해 동분서주하지 않기로 했다. 심지어 "나를 구할 사람은 오로지 나밖에 없어!"라는 위협도 왔다가 가버리도록 내버려두었다. 내가 개입하지 않는다면 어떤 일이 벌어지는지 그냥 잠자코 지켜보기로 결심했다. 모든 것이 산산이 무너져 내리더라도 말이다. 실제로 그것은 그리 나쁜 일이 아니다. 때로는 그것도 꼭 필요한 과정이다.

수행에서 가장 어려운 일은 습관적인 행위를 멈추는 것이다. 나 역시 곤경에서 벗어나려고 애쓰지 않는 일은 내 성미에 맞지 않는 행동이었다. 그것은 마치 맹렬하게 가속도를 내며 달리는 차를 관성을 무시하고 정반대로 방향을 돌리려는 것과 같다.

이것이 바로 영적 수행이다. 그것은 우리가 지닌 모든 습관을 바꾸고, 매사를 확고하게 해두려는 관성을 뒤엎고, 윤회의 바퀴를 되돌린다. 수행은 우리가 늘 하던 습관에 휩쓸려 '지금 이 순간'에서 튕겨 나갈 때 그것을 알아차리는 데서부터 시작한다. 우리는 흔히 세상에 큰 문제가 있고 그것을 해결해야 한다는 무의식에 사로잡혀 있다. 그러나 수행에서 말하는 가르침은 다르다.

선사들은 우리더러 멈추라고 이른다. 이제까지 으레 달리던 방향으로 달아나지 말고, 늘 해오던 방편으로 치닫지 말고, 무엇이든 다른 것을 해보라고 말한다. 무엇이든 낯선 일을 하라고 한다.

불교에서는 통념적인 가치관을 전복하는 지침이 자주 등장한다. 이를테면 "원망이 일어나는 대상에 대해 명상하라" "날카로운 창날 끝에 몸을 기대라"와 같은 게송들이 바로 그것이다. 초감 트룽파도 망명 전 티베트에 살았던 시절, 자기 스승인 강샤르 린포체Gangshar Rinpoche에게서 그렇게 살도록 훈련받았다. 초감 트룽파는 이를 가리켜 "현실의 불이성不二性 속에서의 깨달음"이라고 불렀다.

이 이야기를 듣고 나를 비롯한 제자들은 초감 트룽파에게 티베트를 탈출할 때 스승인 강샤르 린포체는 어찌 되었느냐고 물었다. 초감 트룽파는 대다수 승려들이 티베트를 탈출해 인도 등지로 떠날 때 스승은 도리어 중국을 향해 걸어갔다고 말했다. 만약 이런 가르침을 고스란히 삶에 적용한다면, 우리의 인식에는 혁명적인 변화가 일어날 것이다.

나는 가르침을 삶 속에서 실천하기 위한 첫걸음으로, 습관의 굴레에서 비롯된 행동을 하지 않기로 결심했다. 그것은 일종의 실험이었다. "자신이 인식하는 현실은 자신을 투영한 것이며, 따라서 내가 겪는 현실은 외부적으로 주어진 것이 아니라 스스로 만들어낸 것"이라는 불교의 가르침을 직접 실험하는 것이다.

아니나 다를까, 내가 습관적인 굴레에서 벗어나기로 결심하자 내 안에 있던 모든 생각과 느낌, 감정이 늘 하던 익숙한 일을 하고 싶어서 안달했다. 나는 인내심을 가지고 버텼다. 선과 악이라는 이분법적인 개념에 집착하는 행위를 멈추지 않는 한 세상은 언제나 자비로운 여신 아니면 흉측한 악마로 나타날 것이라는 가르침을 계속 떠올렸다. 나는 그 가르침이 진실인지 아닌지 직접 탐구해보고 싶었다.

하지만 이런 실험이 나 자신에게 딱딱하거나 가혹하게 이루어지지 않았다. 내 생각과 감정은 이미 나와 친구가 되었기 때문이다. 어떤 식으로든 자기 자신에 대한 한없는 자비심을 기르지 않고서는 구도의 여정으로 나아갈 수 없다. 명상을 하면서 가르침에 집중하면 '자비심 기르기'에 매진해야 한다는 것을 항상 잊지 않게 된다.

내가 텍사스 주 오스틴 시에서 강좌를 개설했을 때 이런 일이 있었다. 주말이 지난 후에 한 남자 수강생이 오더니, 자기 내면의 목소리가 어떤지 알아차리는 수행을 알려줘서 고맙다고 말했다. 내가 한 강의는 생각을 '생각'이라고 이름 붙일 때, 그 내면의 목소리가 날이 서 있는지 살펴보라는 것이었다. 만약 비판적인 냉혹함이 느껴진다면 자비심을 담아 다시 한 번 이름을 붙여보라고 가르쳤다. 어찌 보면 그냥 단순한 가르침에 불과했다. 하지만 그는 "그 말이 정말 제 가슴에 와닿았어요"라며 자신의 경험담을 들려주었다.

"이제는 명상하다가 제 마음이 이리저리 방황하면, 속으로 나 자신에게 이렇게 말해요. '생각하고 있군, 친구야!'"

입문한 지 오래된 수행자들도 종종 이 지침을 까먹는다. 수행을 하며 자신을 달달 볶는 것은 물론, 제대로 수행을 하지 못했다 싶으면 당장 파문이라도 당하는 것처럼 죄책감에 사로잡힌다. 또 수행을 하는데 남 보기에 부끄럽지 않은지 전전긍긍하며, 혹시라도 명상도 제대로 못 하는 '한심한' 수행자라고 알려질까봐 겁을 낸다. 불가에 이런 오래된 농담이 전해질 정도다.

"불자에는 두 부류가 있다. 하나는 지금 명상 중인 사람이고, 다른 하나는 명상하지 못해 죄책감을 느끼는 사람이다."

우스갯소리지만, 만약 수행을 그런 식으로 하면 무슨 보람과 재미가 있겠는가.

수행에서 가장 중요한 가르침은 스스로를 격려하고 편안해지는 것이다. 그것은 미처 날뛰는 분주한 마음을 다스리는 가장 현명한 해결책이다. 즉, 명상 수행을 통해 자신에게 내재한 부드러움을 끄집어내어 전체 의식으로 골고루 퍼지게 만드는 것이다. 그러면 자기 비하나 불평으로 날카로워졌던 마음의 결은 차분하게 가라앉는다.

그런데 어떤 이들은 자기 자신을 있는 그대로 받아들이는 것보다는 차라리 남을 있는 그대로 받아들이는 편이 낫다고 생각한다. 이런 사람들은 자비란 타인에게 베푸는 것이라는 고정관념을 가지고 있다. 스스로에게 자비를 베푸는 게 자화자찬처럼 겸연쩍은 일로 여겨지는 것이다. 하지만 수행을 하다보면 안다. 자신에게 까다롭고 냉혹하게 구는 사람은 타인을 용서하기도 그만큼 어렵다. 세상은 나 자신을 되비추는 거울로서 존재하기 때문이다.

내 수행을 돌이켜보면, '해야 한다'는 의무감을 버리고 수행해 나갈 때, 시간이 갈수록 깨달음에 가까워지고 자기 확신이 단단해졌다. 자신을 솔직하고 너그럽게 대하는 것을 제외하고는 아무런 계획이나 어떤 의무감 없이, 그냥 숨을 쉬듯 자연스럽게 수행해 나가라. 그러면 한 치 앞을 알 수 없는 이 불확실한 세상에, '지금 이 순간'이라는 유일무이한 시간에, 귀중한 인간의 몸으로 태어나 존재하는 데 대한 기쁨과 책임감이 몸에 밸 것이다.

내게도 그런 날이 왔다. 내 마음의 습관적인 관성에서 벗어나 쳇바퀴를 도는 듯한 뻔한 행동을 멈출 준비가 된 것이다. 나는 더 이상 익숙한 방식대로 행동하지 않았다. 물론 그것은 정말 어려웠다. 매번 내가 나서서 문제를 해결해야만 한다는 충동이 일었다. 트룽파는 그런 충동이나 갈망을 "윤회에 대한 향수"라고 불렸다. 다행히 충동에 그저 휩쓸려가고 싶은 욕망보다 내가 배운 가르침을 살면서 실험하고자 하는 호기심이 더 컸다. 나는 이제 껏 한 번도 가보지 못한 '의식의 무인도'에 첫발을 뗀 것이다. 조마조마한 기분이 들었다. 책이나 법문으로 배운 형이상학적 이론이 아니라 실제 상황에 맞닥뜨린 것이다. 비록 한 치 앞도 보지 못했지만 나는 '지금 이 순간'이라는 제자리를 떠나지 않은 채 어떤 경험이든 환영하며 맞아들였다.

세상에 중요하지 않은 행위는 없다. 마찬가지로 모든 생각과 감정 역시 중요하다. 지금 이 순간에도 우리가 하는 모든 행위와 생각, 감정은 수행 그 자체다. 지금 이 순간을 통해 우리는 가르침을 삶에 접목한다. 그것을 통해 자신이 왜 명상을 하며 수행을 하는지 깨닫는다. 우리는 여기에 잠시 머물다 사라질 것이다. 설령 내가 108세까지 산다고 해도 삶의 경이로움을 모두 맛보기에는 우리 삶은 너무 짧다.

지금 내가 하는 모든 행동과 생각, 말이 수행이다. 그러니 충동에 매몰되지 말고 깨어나라! 우리가 습관적인 욕망에 휩쓸려 '지금 이 순간'에서 튕겨 나갈 때마다 그런 자신을 알아차려라. 그런 자신을 부끄럽게 여기기보다 자비롭게 바라보라. 또 자신을 영원히 풀리지 않는 골칫거리로 인식하지 않으며, 유일무이한 완전한 존재로 인정하라. 자신을 자유롭게 풀어놓으며 예측 가능한 습관적인 행위를 그만두라.

이런 과정을 되풀이하면 습관적인 생각의 질주는 천천히 속도가 느려지다 마침내 멈추게 된다. 나도 그랬다. 마치 마법과 같이 의식의 여유 공간이 확장됐다. 그 광활한 공간에서 우리는 실컷 행복을 퍼 담고 마음껏 춤출 수 있다.

또 수행은 우리가 가진 상처를 치유해준다. 우리가 가진 상처는 원죄가 아니라 잘못된 이해에서 비롯됐다. 너무 오래된 오해라 더 이상 살펴보지 않은 게 문제를 키운 것이다. 수행은 우리에게 자비로운 눈으로 자신을 돌아보라고 가르친다. 아무리 궁지에 몰렸을 때도 자신을 찾고 돌아보라는 것이다.

우리는 획일적인 생각이나 반응을 이끌어내는 습관에 집착하며, 그것을 몸에 익혀 다시 고착시키고, 더 강화하는 흐름에 중독돼 있다. 그런 식으로 자신만의 세상을 만들어간다. 자신이 하는 행위를 단 일 초라도 진정으로 알아차려보라. 우리는 자연스럽게 깨닫는다. 자신이 세상 만물을 고정된 실체라고 착각했음을 꿰뚫어보고, 그것을 뒤집을 방편도 알게 된다. 또 자기만의 세계에 스스로를 가둬놓았음을 바로 보고, 그 폐소공포증의 세상에서 놓여날 길도 알 것이다. 나아가 우리 인간이 오랜 세월 무거운 짐을 짊어지고 살아왔음을 깨닫고, 그것을 내려놓고 무인도

와도 같은 전인미답의 영역으로 한 걸음 내딛는 지혜와 용기를 터득할 것이다.

어쩌면 지금 이 모든 이야기가 까마득한 먼 얘기로 느껴질지 모른다. 도대체 어떻게 이런 일이 가능하냐고 물을 수도 있다. 대답은 간단하다.

"온 마음을 다해 진리를 탐구하며, 마음을 비우고 편안해져라. 진리를 당신 것으로 만들어라."

깨달음의 가능성이 조금이라도 있다면
바로 지금 이 순간을 놓치지 마라.

목표가 과정임을 알아차려라

스물들

내게 주어진 인생에서, 어리석은 집착에서 벗어나 조금이라도 지혜로워지려면 어떻게 해야 하는가? 어떻게 하면 인격이나 개별적인 차원에서, 지혜의 원천을 만날 수 있을까?

내가 깨달은 바는 이렇다. 구도의 여정에서 만나는 모든 것이 우리를 지혜로 이끈다. 어느 것 하나도 중요하지 않은 게 없다. 우리가 부딪히는 모든 일이 그 자체로 하나의 과정이자 목표다. 어느 것도 끝은 아니다.

그런데 이 '과정'에는 뚜렷한 특징이 있다. 미리 만들어진 게 아니라는 것이다. 이미 존재하는 게 아니다. 지금 우리가 이야기하는 '과정'에는 우리 체험과 현상계가 매 순간 진화한다는 의미가 담겨 있다.

여기서 말하는 과정은 66번 도로를 타고 LA로 가는 일이 아니다. 일주일 뒤에는 뉴멕시코의 갤럽에 도착하고, 한 달 뒤에는 LA에 도착하는 그런 계획적인 과정과 다르다. 내가 말하는 과정은 정해져 있지 않다. 매 순간 존재로 발현되며 동시에 자취를 감춰버린다. 마치 역방향 좌석에 앉아 기차를 타고 가는 것과 같다. 달려온 자취는 보이지만 어디로 향하는지 알 수 없다. 그저 어디를 거쳤는지 알 뿐이다.

모든 일이 과정이자 목표라는 가르침은 우리에게 큰 용기를 준다. 오늘 무슨 일이 일어날지 모르지만 그 모든 게 다 지혜의 원천이기 때문이다. 바로 지금 이 순간, 우리에게 벌어지는 일 역시 모두 지혜의 원천이다.

우리는 매 순간 어떤 기분을 느낀다. 슬픔, 기쁨, 분노, 편안함뿐 아니라 웃음이 절로 나거나 뭐라 말하기 어려운 감정 등 온갖 기분을 느낀다. 어떤 경우든 그 자체가 과정이자 목표다.

그런데 괴로운 일을 겪으면 우리는 그 사실을 잊는다. 뿐만 아니라 구도의 길을 가는 이유가 괴로운 감정을 겪지 않기 위해서라고 생각한다. 마치 '내가 LA에 도착하면 이런 괴로움은 없겠지'라고 기대하는 식이다. 하지만 어떤 감정이든 없애려는 시도는 그 자체로 자신을 향한 불만족과 공격성을 키운다. 현재 있는 그대로의 자신을 부정하기 때문이다.

생각해보라. 인간이 시간이 흐를수록 더 지혜로우며 너그럽고 또 쾌적하게 사는 이유는 늘 '지금 이 순간' 자기에게 일어난 일에서 교훈을 얻기 때문이다. 우리도 마찬가지다. 지금 이 순간 우리는 자비로울 수 있다. 지금 이 순간 우리는 눈앞에 직면한 모든 것에 마음을 열고 편안하게 맞이할 수 있다. 지금이 바로 그때다. 만약 깨달음의 가능성이 조금이라도 있다면 바로 지금 이 순간이다! 나중이나 언젠가가 아니다. 지금이 바로 그때다.

지금만이 우리에게 유일한 시간이다. 지금 어떻게 하는지에 따라 미래가 창조된다. 바꿔 말하면 좀 더 유쾌한 미래를 만들고 싶다면 지금 이 순간 유쾌하고자 하는 내 염원과 노력이 필요하다. 내가 하는 모든 행위는 쌓인다. 미래는 지금 이 순간 내가 하는 행위의 결과다.

그러니 곤경에 처하더라도 억울해 하지 마라. 단 그 곤경에 대해 지금 우리의 마음이 다가올 미래에 씨앗을 심는 것임을 명심하라. 모두 우리에게 달렸다. 우리는 스스로를 더 비참하게 혹은 더 강하게 만들 수 있다. 어차피 어느 쪽이든 노력이 필요하다. 지금 이 순간에도 나는 미래에 다가올 내 마음의 상태를 창조한다. 지금 품은 마음은 내일 모레도, 다음 주에도, 내년에도, 남은 생애 끝까지 영향을 미친다.

몸과 마음이 모두 조화롭고 건강한 사람을 만나면 누구나 그

비결을 궁금해 한다. 우리도 그렇게 살고 싶기 때문이다. 그런 조화로운 평안은 인생의 매 순간 너그러우면서 활기차게 보냈기에 가능하다. 힘들고 괴로운 일이 닥쳐도 구름이 일시적으로 태양을 가린 정도로만 보는 그런 여유와 낙천성이 발휘된 것이다. 자비로운 마음을 가지고 지금 일어나는 모든 일을 신중하면서 용감하게 대하라. 그것만으로도 근원적인 즐거움과 평화로움이 창조된다.

과정 그 자체가 목적임을 깨달으면 삶을 스스로 만들 수 있다는 자신감이 생긴다. 트룽파의 말을 들어보자.

"혼란스러운 마음에 무엇이 나타나든 모두 과정으로 여겨라. 모두 다 내가 만드는 것이다. 그런 마음이야말로 인생에 대한 두려움 없는 선언이며 사자후다."

그러니 끔찍하거나 고통스러운 상황에 처했을 때 이렇게 생각하라.

"좋아, 올 테면 오라지! 이번에는 또 어떤 깨달음을 주시려나?"

목표에 사로잡히지 마라. 과정이 이미 목표임을 기억하라. 인생에서 뜻밖의 고초를 겪더라도 외면하지 마라. 충실하게 경험하라. 살면서 바라지 않던 사건이 닥쳐도 습관적인 흐름에 휩쓸리지 마라. 그 사건으로 현재 내가 어디까지 와 있는지 확인할 수 있다. 그 사건을 통해 매 순간 자비로움을 가지고 자신을 대하라는 가르침을 새삼 떠올릴 수도 있다. 이렇게 인생을 살 때, 우리는 매 순간 눈앞에 한 치 앞을 가늠할 수 없는 선택의 기로에 섰음을 깨닫는다.

수행자는 안전을 추구하지 않는다. 그 구도의 길에서 자주 딜레마에 빠지기도 한다. 이런 생각이 들 수도 있다.

'누군가 내게 무턱대고 화를 낼 때 어떻게 해야 할까? 도저히 참기 힘들 만큼 화가 나는데 어쩌지?'

진리는 우리에게 무슨 문제든 해결하지 말라고 한다. 오히려 그 문제를 질문거리로 삼아 무지의 잠에 빠지지 말며, 그 상황을 이용해 깨어나라고 가르친다. 그러니 삶에서 만나는 혼돈과 모호함의 한복판으로 파고들어라. 당신을 괴롭히는 골칫거리들을 통해 의식의 도약을 이룰 수 있도록 스스로를 격려하라.

이러한 가르침은 우리가 살면서 만나는 최악의 상황에서도 마찬가지로 적용된다. 프랑스의 철학자 사르트르는 말했다. 가스실로 가는 데는 두 가지 방법이 있다. 즉, 자유인으로 갈 것인가, 노예로 갈 것인가? 우리는 매 순간 자유롭게 선택할 수 있다. 주어진 상황에 대해 어떻게 반응하겠는가? 원망하겠는가, 아니면 마음을 열겠는가?

삶에서 맞는 모든 경험을 과정으로 여겨라. 또한 삶에서 일어나는 모든 경험이 하나도 빠짐없이 전부 내가 만든 것임을 알아차려라. 이 두 가지 가르침이야말로 우리 같은 보통사람들에게 주는 두려움 없는 선언이다.

• • •

오늘날 우리는 어려운 시대를 살고 있다. 세계를 이루는 모든 환경이 점점 나빠진다. 초감 트룽파는 이런 세상에서도 희망을 주는 가르침을 전했다. 그는 두려움 없이 정열적으로 가르침을 펼쳤으며, 많은 이들이 자기가 가진 근원적인 자비심을 발견하고, 그 영역을 넓혀서 다른 사람들에게까지 가 닿기를 바랐다.

그의 가슴에서 우러나온 가르침을, 그저 내가 이해하는 수준에서라도 독자들에게 전해주고 싶다. 부디 이 가르침이 뿌리를 내리고 번성해, 지각 있는 모든 존재에게 이로움을 주기를!

얼마 전, 인터넷 게시판에 다음과 같은 모집 안내가 올라와서 화
제가 됐다. 비록 진위는 확인할 수 없었지만, 국내외 연구진들이
모여서 일종의 심리 실험에 참여할 피실험자들을 모집한다는 내
용이었다. 그런데 그 조건이 다소 엉뚱했다.

요약해보면, 그 조건이란 창문도 없고 시계도 없으며 그림 한
점만 걸려 있는 스무 평 남짓한 독방에서 한 달간 고립되어 지내
는 것이었다. 외부와의 접촉이라고는 일주일에 두 차례 연구진 중
의 한 명인 교수와 면담하는 게 전부였고, 날마다 500자 내외의
일기를 작성해서 보여주는 게 숙제였다. 물론 누가 봐도 쉽지도
않고 유쾌하지도 않은 일이다. 하지만 꽤나 거금의 보수를 제시
해 솔깃해 하는 사람이 적지 않았다. 특히 하루에 세 번, 본인이
원하는 음식이 제공된다는 사실만으로도 반기는 이들이 많았다.
하지만 댓글이 늘어날수록, 인터넷 게시판의 분위기는 이 실험의
끔찍함에 상상만으로도 소름 끼친다는 쪽으로 흘렀다.

생각해보라. TV나 인터넷, 전화는 물론이고 책이나 신문은 일체 읽을 수 없으며, 허용되는 일이라고는 종이에 글을 쓰거나 그림을 그리는 창작 행위뿐이다. 시간은 소멸하고, 실존은 회의에 부딪치며, 직면할 것은 오로지 제멋대로 오가는 나의 의식, 즉 생각과 감정과 감각뿐이다.

그런데 흥미롭지 않은가. 이러한 상황은 아주 끔찍한 잘못을 저지른 죄수에게만 내려진다는 '독방'이라는 형벌이나, 득도한 스님에게서 후일담처럼 전해지는 면벽수행을 연상시킨다. 왜 자신의 의식을 대면하는 일이 이토록 유별나고 두려운 일이 된 것일까? 만약 그 일이 그렇게 끔찍한 것이기만 하다면, 왜 수도승들은 면벽수행이라는 형태의 자아 탐구를 시도하는 것일까? 또한, 자신의 의식을 대면하는 일이 이토록 낯설고 두려운 일이라면, 이제껏 내가 알고 있다고 생각한 나는 과연 누구일까? 자신이 생각하지 않을 때 무슨 생각을 하는지(부디 이 모순어법을 이해해주시킬), 당신은 정말 알고 있는가?

나는 이 책《모든 것이 산산이 무너질 때》를 그런 질문들의 연장선상에 올려두고 싶다. 모든 것이 산산이 무너지는 체험은 작가 자신의 것이기도 하다. 이 책에도 잠깐 나오지만, 수행자로 출가하기 전 페마 초드론은 남편의 외도 때문에 이전의 행복하고 안정된 삶이 산산이 무너지는 경험을 했고, 그것이 불교에 입문하는 직접적인 동기가 되었다. 물론 그런 일은 우리에게도 그리 낯선 것이 아니다. 죽마고우라고 믿었던 친구나 변치 않는 사랑을 약속한 배우자가 배신했을 때, 땀 흘려 평생 일군 재산을 모두 날려버렸을 때, 중병이 걸려서 몇 개월 뒤에는 꼼짝 없이 죽게 될 거라는 의사의 말을 들었을 때, 인간이 애초부터 타고난 고통이 마침내 그 흉측한 모습을 드러낼 때, 우리는 어떻게 대처하는가?

대개 우리는 분노에 사로잡혀 남 탓을 하고, 세상의 부조리를 뜯어고쳐야 한다고 목소리를 높이며, 영화를 보거나 컴퓨터 게임을 하며 비현실에 빠져들고, 술이나 약물에 의존해 현실과 자신을 그대로 놓아버리기도 한다. 하지만 그것으로 과연 현실의 문제가 해결될 것인가? 더 나아가 인간이 타고난 고통의 근원이 소멸될 것인가?

이 책에서 말하는 해법은 단순하면서도 꽤나 통렬하다. 삶이 산산이 무너질 때, 그것을 기회로 삼아 자신과 만나라는 것이다. 그 상황에서 달아나지 말고, 그 어떤 부분도 외면하지 않으며, 모든 것을 있는 그대로 받아들이라는 것이다. 페마 초드론에 따르면, 우리를 천 길 낭떠러지로 몰아넣는 경험이야말로 우리가 가진 취약한 지점, 달리 말해 '걸려 있는' 지점을 대면할 수 있게 해주는 좋은 기회다. 그때 우리는 과거에 자신을 보호하기 위해 형성한 습관이, 이제는 거꾸로 자기 자신이 되어버렸음을 알아차릴 수 있다. 그럼으로써 부자유스러운 그 집착으로부터 홀가분하게 해방될 수 있다. 물론 그 과정은 불편하고, 수치스러우며, 때로는 죽을 만큼 고통스럽다. 자기 몸속에 남은 마지막 용기와 자비심까지 쥐어짜내지 않으면 안 된다. 그래서 이 책에서는 어떠한 상황에서도 자신을 바라보라고 거듭해서 제안한다. 다소 비약해서 말하자면, 이 책에서 말하는 내용은 결국 '나를 바라보라'는 이 한 마디로 압축된다.

하지만 우리가 삶에서 겪는 고통은 크고 대단한 것만 있는 것은 아니다. 사소하고 막연한 고통 앞에서도, 우리는 직면하기보다는 외면하고 도망치는 습관에 길들여져 있다. 이 말이 의심스럽다면, 이제부터 자신을 바라보고 알아차리는 시간을 가져보아도 좋다. 우리는 권태감이라는 공백이나 이도저도 아닌 어색함이 맴도는 순간도 잘 견디지를 못한다. 그것을 자연스럽게 받아들이기보다는 없애야 마땅한 일상적인 오류나 허점 정도로 인식한다. 우리의 도피 본능은 일상의 매 순간을 지배하는 습관적인 패턴이다. 우리가 삶을 대하고 살아가는 방식이라고 보아도 지나치지 않다.

일례로, 우리는 지루한 기분이 들면 마음을 달래려고 음악을 듣는다. 생각이 멍하거나 심심하면 TV를 켜고 이리저리 채널을 돌린다. 우울해지면 자신을 달래줄 사람이 누구일지, 전화번호부 목록을 본다. 하루 중 온전히 자신을 바라보는 시간은 거의 없다. 왜 그럴까? 나는 그것이 두려움 때문이라고 생각한다. 자신을 바라보는 순간, 우리가 경험하는 것은 자기 존재가 완전히 텅 비어 있다는 '무상' 자체에 직면해야 하기 때문이다.

혼자 있는 시간이라고 해도 다르지 않다. 사람들은 불안을 달래기 위해 필요 이상으로 계획표를 작성하고, 영수증을 정리하며, 부하 직원들의 마감을 채근하고, 주식 시황을 보고 또 본다. 우리가 어떤 일을 필요 이상으로 하는 까닭은 그것을 통해 현실도피를 시도하기 때문이다. 현실도피는 약물 중독이나 쇼핑 중독만이 아니다. 환경 운동이나 봉사 활동, 심지어 마음공부조차도 마찬가지다. 우리가 '무상'이라는 실체와 맞서기 위해, '나는 ~ 한 사람'이란 지속적인 자아상을 추구하는 모든 행위는 일체가 현실 도피다.

그러면 어떻게 해야 하느냐고? 내가 숱한 어리석음 끝에 내린 결론(어쩌면 항복)은, 어리석은 사람은 지혜로운 일을 하려고 해도 그럴 수 없다는 것이다. 이것이 어리석은 자의 운명이다. 따라서 우리가 어리석음에서 벗어나는 길은 스스로 깨치고, 스스로 터득하여, 스스로 밝아지는 수밖에 없다. 그래서 '옮긴이의 말'이라는 이름으로 사족을 달면서 가장 강조하고 싶은 말은, 이 책을 통해 무엇을 배웠다는 생각을 하지 말라는 것이다. 이 책을 읽으며 고무된 그 마음을 가지고 초발심을 내거나, 수행의 길을 더욱 굳세게 나아가기 위해 신발 끈을 한 번 더 조이면 그만이다.

내가 무엇을 배웠다는 생각조차도, '나는 ~한 사람'이라는 에고의 장신구를 하나 더 추가하는 것에 불과하다. 삶을 지탱하는 지팡이나, 발을 디딜 수 있는 의지처를 찾는 버릇을 못 버렸을 뿐이다. 남의 지혜는 남의 지혜일 뿐이다. 거기에는 생명이 없다. 이것이 우리가 스스로 마음공부를 해야 하는 이유다.

처음 이 책을 원서로 접한 지 어느새 십여 년이 흘렀다. 처음에는 티베트불교 비구니의 에세이라는 편견에 사로잡혀 적당히 쉽고 적당히 맑고 적당히 감동을 주고, 빤한 용기와 빤한 희망으로 우리를 들뜨게 한 다음, 이제껏 살아온 빤한 삶의 쳇바퀴 속으로 힘차게(?) 되돌려 보내는 그저 그런 책인 줄로만 알았다. 물론 부끄럽기 짝이 없는 선입견이다. 하지만 막상 한 줄 한 줄 읽으면서 그녀의 고집에 놀랐다. 그녀는 한시도 수행자의 본분을 망각하지 않는다. 한 걸음도 쉽게 갈 생각이 없다. 나중에는 고집불통이라는 생각에 혀를 내두르기도 했다. 이런 훌륭한 책을 읽은 인연만으로도 감지덕지인데, 직접 우리말로 옮기는 과분한 영광까지 누리게 되어 감사하기도 하고 조심스럽기도 한 심정이다.

　모쪼록 이 책이 당신의 출발점이 되기를 바란다. 당신의 모든 것을 내려놓고, 나아가 이 책을 통해 무엇을 배웠거나 얻었다는 생각조차도 내려놓고, 한 번도 들어가 보지 못한 자아탐구의 신대륙에 첫발을 내딛는 두려움과 희열과 막막함과 자유를 맛보기를 바란다. 부디 당신을 가두고 있는 '마음의 감옥'에서 벗어나기를 바란다.

가을의 초입에서
구 승 준

모든 것이 산산이 무너질 때

초판 1쇄 발행 2010년(단기4343년) 10월 11일
초판 7쇄 발행 2023년(단기4356년) 11월 1일

지은이 · 페마 초드론
옮긴이 · 구승준
펴낸이 · 심남숙
펴낸곳 · (주)한문화멀티미디어
등록 · 1990. 11. 28. 제 21-209호
주소 · 서울시 광진구 능동로 43길 3-5 동인빌딩 3층 (04915)
전화 · 영업부 2016-3500 편집부 2016-3507
www.hanmunhwa.com

운영이사 · 이미향 | 편집 · 강정화 최연실 | 기획 홍보 · 진정근
디자인 제작 · 이정희 | 경영 · 강윤정 조동희 | 회계 · 김옥희 | 영업 · 이광우

만든 사람들
책임편집 · 진정근 | 표지디자인 · 오필민디자인 | 본문디자인 · 이정희

ISBN 978-89-5699-326-3 03840